I0573203

SALVARE MACIE

Delta Force Heroes, Libro 11

SUSAN STOKER

Copyright © 2021 di Susan Stoker

Titolo originale: *Rescuing Macie*

Traduzione dall'inglese di Patrizia Zecchin per One More Chapter Translations

Editing di Nadia Carena

Proteggere i figli di Alabama
Proteggere Dakota

Forze Speciali alle Hawaii

Trovare Elodie
Trovare Lexie (10 Aug 2021)
Trovare Kenna (Oct 2021)
Trovare Monica
Trovare Carly
Trovare Ashlyn
Trovare Jodelle

Mercenari di Montagna

Difendere Allye
Difendere Chloe
Difendere Morgan
Difendere Harlow
Difendere Everly
Difendere Zara
Difendere Raven

Ace Security *(Prossimamente)*

Il riscatto di Grace
Il riscatto di Alexis
Il riscatto di Bailey
Il riscatto di Felicity
Il riscatto di Sarah

CAPITOLO UNO

M ERCEDES L AUGHLIN STAVA LEGGENDO a letto quando sentì un rumore.

All'inizio non ci diede peso; di notte sentiva rumori indefiniti tutto il tempo. L'edificio in cui viveva non era esattamente tranquillo, c'erano persone che andavano e venivano a tutte le ore del giorno e della notte e aveva sentito la sua buona parte di discussioni coniugali.

L'appartamento di Macie si trovava al secondo piano e nella parte posteriore della costruzione. Amava poter vedere dal suo soggiorno il ruscello serpeggiare tra ettari di terreni alberati. Era rilassante, dato che trascorreva la maggior parte del tempo lì, seduta alla sua scrivania a lavorare al computer. Non era il complesso di appartamenti più lussuoso di Lampasas, ma nemmeno un cesso. Tutto sommato, era stata fortunata a trovare un posto in cui si sentisse al sicuro e che si trovasse vicino a suo fratello.

Ma il rumore che aveva sentito era insolito. Non come quelli che provenivano dall'esterno, tipo auto che passavano o gente che parlava, sembrava che fosse proprio dentro al suo appartamento.

Mise da parte l'e-reader e trattenne il respiro, aspettando di vedere se avrebbe sentito di nuovo quel rumore strano.

Quando lo colse, e sembrò più vicino, Macie si irrigidì. Poi qualcuno parlò.

«Stai zitto idiota! Non vogliamo che si svegli finché non siamo nella sua stanza.»

«Non mi sentirà camminare, ma *sentirà* te parlare, cretino. Quindi, chiudi quella cazzo di bocca!»

Senza pensarci due volte, Macie gettò via le coperte, prese il cellulare e andò verso il suo armadio dove c'era una sorta di stanzetta nascondiglio, ma le parole successive di chiunque fosse nel suo appartamento la fecero fermare.

«Ricorda, se quando entriamo non è a letto controlla il retro dell'armadio, ha detto che è lì che probabilmente si nasconderà e dove c'è la roba. Se spingiamo sul lato destro la porta si aprirà.»

«Lascerai che sia il primo a farmela?»

Macie respirava con affanno e aveva le vertigini, ma non esitò a cambiare direzione andando alla finestra.

Dato che soffriva d'ansia, si era assicurata di avere un posto in cui sentirsi completamente al sicuro all'interno dell'appartamento. Aveva assunto un falegname locale per costruire un falso muro sul retro della cabina armadio. C'era spazio appena sufficiente per potersi sedere comodamente. Lo usava quando aveva bisogno di totale oscurità e silenzio assoluto, o quando era semplicemente sopraffatta da qualsiasi cosa stesse succedendo nella sua vita.

Ma non sarebbe stata al sicuro in quel nascondiglio quella notte, gli uomini entrati nel suo appartamento ne erano al corrente e quello sarebbe stato il primo posto in cui l'avrebbero cercata.

Di sicuro non le piaceva l'allusione di quello che voleva "farsela per primo".

Quindi, avrebbe dovuto ricorrere al piano B.

La sua prima scelta sarebbe sempre stata quella di nascondersi all'interno, lontana dal mondo, protetta da occhi indiscreti e sguardi che giudicavano ma, essendo pragmatica, sapeva anche che se fosse arrivato un tornado o scoppiato incendio, non avrebbe potuto rinchiudersi dentro l'appartamento. Avrebbe avuto bisogno di una via di fuga, ed era uno dei motivi per cui aveva scelto quel condominio.

Proprio fuori dalla finestra della sua camera da letto c'era un grande albero. Non sarebbe stato facile, ma avrebbe dovuto saltare dal davanzale fin sul grande ramo, che cresceva perpendicolare al suolo verso l'edificio. Sapeva di poterci riuscire perché si era esercitata, sempre nel cuore della notte, quando non c'era nessuno in giro che potesse vedere e giudicarla.

Macie si preoccupava sempre di ciò che la gente pensava di lei; se la stavano guardando e ridendo dei suoi vestiti o se i capelli erano pettinati in modo strano. Quando conosceva qualcuno, si chiedeva sempre se avesse detto le cose giuste, se parlassero di lei ai loro amici.

Era una maledizione e odiava sentirsi in quel modo, ma non riusciva a smettere. Prendeva il Lexapro ogni giorno, per cercare di controllare l'ansia e per calmare le voci nella sua testa che le dicevano in continuazione che non era abbastanza brava o intelligente o capace di fare il suo lavoro. E quando necessario, prendeva una compressa di Vistaril, che le permetteva di non sentire più niente ed era una beatitudine per quando l'ansia prendeva il sopravvento.

Sapendo che il suo appartamento non era molto grande e che le rimanevano pochi secondi prima che gli uomini entrassero nella sua stanza, Macie tirò su in fretta la finestra, grata di essersi assicurata di recente che fosse in buone condizioni, e fissò il ramo. I suoi respiri uscivano in piccoli sbuffi e le dita avevano iniziato a formicolare. Avrebbe tanto voluto tornare indietro e prendere le sue medicine, ma non aveva tempo.

«Ricordati che lui non è sicuro che la donna abbia già trovato la roba, ma se riusciamo a prenderla stasera, guadagneremo mille bigliettoni in più. Quindi non perdere troppo tempo con la troia.»

«Accidenti, dai. Mi piace quando piangono e lottano, lo rende più bello.»

Si sentì il rumore smorzato di uno schiaffo e un *uff*

sommesso, poi il primo uomo disse: «Prima prendiamo la roba, poi se ci sarà tempo potrai divertirti.»

Stavano sussurrando, ma lei riusciva comunque a sentirli chiaramente. Non serviva essere un genio per capire di cosa stessero parlando, almeno per quanto riguardava il "divertimento". Però, non aveva la più pallida idea di cosa stessero cercando, ma non aveva nemmeno il tempo di pensarci.

Per fortuna non stava dormendo, altrimenti non li avrebbe sentiti finché non fosse stato troppo tardi.

Macie infilò il cellulare nella cintura dei pantaloncini da notte e si arrampicò sul davanzale della finestra. Le veniva naturale assicurarsi di avere sempre il telefono con sé; aveva bisogno della sicurezza che forniva. Il piccolo dispositivo elettronico era un modo per ottenere aiuto se la sua ansia l'avesse completamente sopraffatta... cosa che era successa più di una volta.

Avrebbe voluto trovare un modo per chiudere la finestra dopo essere saltata, così gli uomini nella sua camera da letto non avrebbero capito subito dove fosse andata, ma era troppo tardi per pensarci.

Respirando con affanno, Macie guardò il ramo e saltò.

Emise un *uff* quando vi atterrò sopra a pancia in giù, si sentiva tremante e temeva di non riuscire a resistere, ma vi si aggrappò con tutte le sue forze. L'interno delle cosce le bruciava per averle sfregate sulla corteccia ruvida, ma sentì a malapena il dolore. Probabilmente sarebbero passati al massimo una trentina di secondi prima che uno degli uomini guardasse fuori dalla finestra, ma forse avrebbero visto il letto vuoto e sarebbero andati dritti all'armadio. Almeno lo sperava, perché le avrebbe fatto guadagnare un po' di tempo.

Alzandosi in piedi con attenzione, Macie si trascinò lungo il grande ramo, aggrappandosi a quelli più piccoli sopra di lei mentre andava verso il tronco. Iniziò a calarsi il più in fretta possibile, contando mentalmente i secondi. Quando si esercitava, indossava sempre jeans e scarpe da ginnastica e purtroppo i piedi nudi e i pantaloncini del pigiama non favorivano molto una fuga nel mezzo della notte.

Macie stava cercando di non fare rumore pur muovendosi velocemente, ma scendere era ancora più difficile a causa dei vestiti inadeguati e del suo corpo tremante. Allungando la gamba verso il basso per raggiungere l'ultimo ramo, sospirò di sollievo, pensando di avercela fatta.

«Ehi!» gridò una voce cupa sopra di lei.

Si spaventò così tanto che mancò il ramo che si trovava a un metro da terra e cadde, atterrando sul sedere. Senza guardare la finestra, Macie balzò in piedi e si mise a correre. Nel frattempo tirò fuori il cellulare, che per miracolo non era caduto dai pantaloncini, e premette freneticamente uno dei numeri salvati, mentre cercava di capire dove avrebbe potuto nascondersi.

———

Il colonnello Colton Robinson si passò stancamente una mano sul viso. Erano le due e mezza di notte ed entrambi i team della Delta Force stavano terminando il rapporto della missione da cui erano appena tornati. I quattordici uomini, membri di due squadre diverse, avevano lavorato insieme per eliminare un obiettivo molto importante che si era nascosto in Africa. Dal punto di vista logistico, l'ultima settimana e mezza era stata uno schifo, ma Colt non aveva mai dubitato nemmeno per un secondo degli uomini sotto il suo comando.

La squadra di Ghost era più vecchia ed esperta e tendeva a eccedere sul lato della cautela. Tutti e sette i componenti del team erano sposati e alcuni avevano figli, quindi la loro preoccupazione principale era tornare a casa dalle loro famiglie sani e salvi. Quelli della squadra di Trigger, d'altra parte, erano più giovani, sui trent'anni e tutti single. Non avevano problemi a correre rischi e fare tutto il necessario per portare a termine il lavoro.

Insieme, erano i migliori che avesse mai avuto il piacere di comandare. Colt si fidava di ognuno di loro e l'ultima missione non era stata un'eccezione. L'obiettivo era stato neutralizzato e l'avevano fatto senza far saltare la copertura. Per quanto riguardava il governo africano e l'organizzazione terroristica, l'uomo era morto in uno scontro locale, non per mano dell'esercito statunitense.

Sapeva che tutti erano ansiosi di tornare a casa, ma un rapporto era necessario. Ascoltò Lefty spiegare come fossero usciti dal complesso dove si era rintanato l'obiettivo. Colt conosceva tutti i dettagli, ma il protocollo richiedeva che lo esaminassero ancora una volta.

Udì l'inconfondibile vibrazione di un telefono e si voltò accigliato verso l'uomo seduto alla sua sinistra. Truck sapeva che non avrebbe dovuto tenere il telefono acceso, ma almeno aveva avuto la decenza di togliere la suoneria. Colt non lo rimproverò – se anche lui avesse avuto una moglie o dei figli a casa, avrebbe voluto essere rintracciabile in qualsiasi momento – ma gli lanciò un'occhiataccia per fargli capire che stava rischiando grosso.

Truck guardò il telefono e si accigliò, poi se lo portò all'orecchio. «Mace? Cosa stai...»

Nell'istante in cui sentì quel nome, Colt si raddrizzò sulla sedia e tutta la sua attenzione andò al soldato seduto accanto a lui.

Aveva pensato molto spesso di chiedere a Truck il numero della sorella, ma non aveva voluto pressare Macie con attenzioni che magari non voleva. E presupponeva che non le volesse, dato che le aveva chiesto apertamente di poterla rivedere quella volta che erano stati insieme, e lei era sgattaiolata fuori da casa sua senza una parola o un modo per contattarla.

I ricordi delle ore passate con Macie furono interrotti quando Truck si alzò e andò verso la porta con il telefono ancora all'orecchio.

Senza pensarci, Colt si alzò e lo seguì. All'ultimo secondo, si voltò verso il gruppo di uomini ancora seduti attorno al tavolo. «Potete andare» disse distrattamente. Avrebbero terminato il rapporto più tardi.

«Signore?» lo chiamò Ghost mentre Colt stava per uscire.

Gli fece un cenno con la mano e disse: «Vi chiamo se abbiamo bisogno di voi.» E poi corse dietro a Truck lungo il corridoio.

«Mace, tranquilla. Cosa c'è che non va?» chiese il fratello.

A Colt si gelò il sangue, si affrettò a raggiungerlo, cercando di controllarsi e di non strappargli il telefono di mano.

«Sto arrivando!» le disse agitato. «Trova un posto dove nasconderti. Arrivo subito.»

Colt non riuscì più a resistere «Dammi il telefono» gli ordinò.

Truck lo fissò e aggrottò le sopracciglia per la sorpresa e l'irritazione.

Il comandante agitò le dita. «Lascia fare a me. Tu guidi, io le parlo.»

Stranamente, il soldato annuì e gli porse il telefono. Corsero lungo il corridoio fino alla porta che dava sul parcheggio. Colt tirò fuori il portachiavi dalla tasca e lo lanciò a Truck portandosi il telefono all'orecchio. «Macie?»

«Sì» fu la debole risposta.

«Sono Colt. Quello del matrimonio di Truck. Cosa sta succedendo? Dove sei?» La sentì ansimare e capì che era in iperventilazione e ciò non fece che aumentare la sua preoccupazione.

«Al mio appartamento. Degli uomini sono entrati in casa mia. Sono riuscita a uscire ma non so dove andare!»

Il cuore di Colt sprofondò alle sue parole. Erano arrivati alla sua Jeep Wrangler e salirono. Tirò fuori il proprio cellulare e compose il 9-1-1, poi lo consegnò a Truck. L'altro avviò l'auto e allo stesso tempo iniziò a parlare con il centralino. Dopo pochi secondi sfrecciarono fuori dal parcheggio e si diressero verso il cancello principale della base.

«Cosa vedi intorno a te?» chiese Colt a Macie. «Guardati intorno. Dimmi cosa vedi» ordinò.

«Un grande parcheggio all'aperto. Alberi ai margini.»

«Ci sono delle luci? Macchine parcheggiate una accanto all'altra?»

«Luci vicino agli edifici, ma non più in là. Ci sono molte macchine. Oh merda...» disse.

«Che c'è? Macie, parlami» abbaiò Colt.

«Sento gli uomini» sussurrò. «Mi stanno cercando.»

Il terrore nella sua voce lo fece andare un po' nel panico e portò per un secondo il telefono contro il petto per cercare di ritrovare la calma. Si rivolse a Truck. «Sbrigati. Guida più veloce che puoi, cazzo. Le stanno dando la caccia.»

Nell'istante in cui le parole uscirono dalla sua bocca, Colt sentì la Jeep balzare in avanti. Meno male che era notte fonda e non c'era nessuno per strada, perché Truck stava guidando a rotta di collo.

Mancavano circa cinquanta chilometri a Lampasas. Era impossibile riuscire ad arrivare in tempo per aiutarla se quegli stronzi avessero messo le mani su di lei. Truck aveva chiamato la polizia, ma Colt sapeva che ciò che avrebbe detto a Macie nei successivi due minuti avrebbe potuto fare la differenza tra la vita o la morte.

«Allontanati dalle luci. Se è buio non possono vedere esattamente dove sei» le disse con urgenza. «Hai capito?»

«S-sì.»

«Ti hanno vista?»

«N-non credo.»

Respirava a fatica e continuava ad ansimare. A Colt faceva male il petto per lei. «Bene. Vai verso una fila di auto il più lontano possibile dalle luci. Infilati sotto a una. Non metterti dietro, ma sotto. Poi, se necessario, puoi strisciare sotto a quella dopo. E a quella dopo ancora. Continua a muoverti se devi. Se è possibile, aggira le auto fino a raggiungere una zona di veicoli che hanno già controllato. Come ultima risorsa, rifugiati tra gli alberi, ma solo se non ti vedono. L'ultima cosa che vuoi è allontanarti dalla civiltà dove quegli uomini potrebbero farti ciò che vogliono senza che qualcuno ti senta o veda. Capito?»

Non gli rispose, ma sentì i suoi respiri brevi e veloci attraverso il telefono.

«Sono qui» le disse, costringendosi a mantenere la voce bassa e calma. Doveva essere la sua roccia in quel momento. Non poteva farle percepire il minimo panico nel tono. «Sono con te, Macie. Stai andando alla grande. Ascoltami. Sei incredibile. Sono sicuro che non si aspettavano che li superassi in astuzia. Continua con ciò che stai facendo. Ce la puoi fare.» Colt continuò la litania di lodi anche mentre stringeva il telefono così forte da fargli venire i crampi alle dita.

Guardò il tachimetro e vide che Truck stava viaggiando a centocinquantatré chilometri all'ora. La Jeep si scuoteva leggermente per la velocità, ma l'unica cosa che riuscì a pensare fu: *Vai più veloce. Dio, vai più veloce.*

«Stanno venendo da questa parte» disse Macie, e Colt abbassò di nuovo il mento sul petto, chiuse gli occhi e pregò più intensamente di quanto avesse mai fatto.

———

Macie non aveva idea di cosa ci facesse Colt con Ford alle due e mezza di notte, ma non poteva negare di esserne molto felice. Non aveva battuto ciglio nemmeno quando lui aveva chiamato suo fratello Truck. Sembrava che quel soprannome gli fosse stato affibbiato quando si era arruolato nell'esercito; stava provando a ricordarsi di chiamarlo così, ma era dura dato che per lei era sempre stato Ford.

E nonostante la certezza di sapere che suo fratello l'avrebbe aiutata, sentire la voce ferma di Colt la manteneva con i piedi per terra. Ricordava come l'aveva tenuta contro di sé quando aveva avuto un attacco d'ansia dopo il matrimonio, parlandole con la sua voce bassa e tonante. Era stato molto d'aiuto. L'aveva calmata e aiutata ad uscire da quel luogo oscuro in cui si era ritrovata la sua mente.

Stava accadendo la stessa cosa quella sera. In preda al panico, si era precipitata nel parcheggio senza sapere cosa fare o dove andare, quando lui l'aveva costretta a prestare attenzione a ciò che la circondava. Le aveva dato qualcosa su cui concentrarsi, ed era stato bello lasciargli il controllo e farsi dire come comportarsi.

Non sapeva perché non le avesse telefonato dopo che aveva passato la notte a casa sua. Era stato lui a chiederle di uscire e le sarebbe piaciuto passare più tempo insieme, ma non aveva chiamato. Non l'aveva contattata in nessun modo. Il suo rifiuto l'aveva ferita, ma non ne era rimasta troppo sorpresa. Sapeva di essere una spina nel fianco e che nessun uomo straordinario come Colt avrebbe voluto stare con lei.

In quel momento, tuttavia, aveva problemi più urgenti a cui pensare. Guardando dietro, verso l'edificio, Macie non vide gli uomini che erano entrati nel suo appartamento, ma poteva sentire i loro passi. Si nascose dietro una macchina e si inginocchiò.

Fece una smorfia ma ignorò il dolore e camminò a carponi tra le auto, assicurandosi di non farsi vedere. Poi si sdraiò sulla pancia e si infilò sotto a un veicolo. Aveva addosso solo una canotta attillata e i pantaloncini da notte, perché odiava sentirsi soffocata dai vestiti quando dormiva.

«Macie?» la chiamò Colt.

Aprì la bocca per rispondere quando sentì uno degli uomini dire al suo amico: «Dev'essere da questa parte. Abbiamo controllato tutte le altre auto.»

Le sembrava di essere sul punto di avere un attacco di cuore, si sentiva il petto stretto come in una morsa e non riusciva a far entrare abbastanza aria nei polmoni. Ma non poteva sforzarsi a inspirare profondamente perché l'avrebbero sentita.

Macie si rimproverò mentalmente per aver contattato suo fratello e non la polizia. Se avesse chiamato il 9-1-1, probabilmente sarebbero già arrivati.

«Tranquilla, Mace» le disse Colt all'orecchio. Serrò i denti e si costrinse ad ascoltare lui piuttosto che i due uomini che la stavano ancora cercando. «Puoi farcela. Mi hai detto che quando eri più giovane giocavi al soldato con Truck. È la stessa cosa. Ricordi quando un pomeriggio ti sei nascosta in quel cespuglio e lui non è riuscito a trovarti? Vedi se riesci a farlo di nuovo. È buio dove sei, vero? Se non fai rumore non riusciranno mai a vederti. Continueranno a camminare.»

Macie annuì anche se Colt non poteva vederla. La notte del matrimonio di Ford, gli aveva raccontato che da ragazzina si era nascosta da suo fratello, era strisciata sotto un cespuglio di fianco alla casa di un vicino e lui non era riuscito a trovarla. Alla fine, si era addormentata e Ford era andato fuori di testa per la preoccupazione pensando che fosse stata rapita. Era passato accanto al suo nascondiglio decine di volte senza sapere che lei fosse lì.

Tuttavia, era solo questione di tempo prima che uno degli uomini la trovasse sotto la macchina. Quello non era un gioco e lei non era più una ragazzina. Macie era sicura che stessero guardando sotto a ogni veicolo. Non avrebbe funzionato continuare a rotolarsi sotto l'auto accanto; alla fine non ce ne sarebbero state più e sarebbe rimasta bloccata.

Macie indietreggiò in fretta cercando di essere il più silenziosa possibile, le sue ginocchia si stavano completamente lacerando, ma sentiva a malapena l'asfalto ruvido che affondava nella pelle. Strisciò fino alla parte posteriore del SUV sotto cui si trovava e si girò. Era ai margini del parcheggio, c'era una fila di siepi, poi gli alberi e il torrente che amava tanto guardare mentre lavorava.

Ricordando ciò che le aveva detto Colt, resistette all'impulso di alzarsi e correre nel boschetto. Invece, gattonò veloce verso la fitta siepe. Vi si infilò in mezzo, grata che non fosse inverno e che ci fossero foglie dietro cui nascondersi. I rami le graffiarono le braccia, ma ancora una volta non fece caso al dolore. Con il suo metro e settantacinque circa, non era proprio piccola, ma si portò le ginocchia al petto e vi avvolse un braccio intorno. Avvicinò il telefono all'orecchio e chinò la testa, cercando di rendersi il più minuscola possibile.

«Mi sono infilata tra i cespugli» sussurrò. «Colt?»

«Sì, Mace? Sono qui. Sei ben nascosta? Al sicuro? Gli uomini ti stanno ancora cercando?»

«Non riesco a respirare.»

«Certo che puoi farlo. Stai andando alla grande. Dentro e fuori. Ricordi come hai respirato con me quella notte? Chiudi gli occhi. Immagina di essere di nuovo nel mio letto, io sono dietro di te e la mia mano è sul tuo petto. Dentro e fuori. Rallenta i respiri, Mace. Ecco, così. Ti passeranno vicino ma non potranno vederti. Dentro e fuori. Brava. Te la stai cavando benissimo.»

Sorprendentemente, la voce di Colt nell'orecchio e pizzicarsi la coscia per cercare di non pensare alla situazione, stavano funzionando. Respirò insieme a lui, senza emettere alcun suono e Macie cominciò a sentire i polmoni espandersi un po'.

«Tu inizia da quel lato, io partirò da qui. Se non è sotto le macchine, immagino sia corsa tra gli alberi. Possiamo raggiungerla e assicurarci che non abbia trovato la roba comunicandolo agli sbirri.»

«Poi posso divertirmi?» chiese l'altro uomo.

«Gesù, sei fissato. Sì, quando vuoterà il sacco, potrai fare quel cazzo che vuoi con lei.»

Parlavano abbastanza forte che anche Colt li sentì.

«Non ascoltarli, Mace. Concentrati solo su di me. Brava. Siamo quasi arrivati. Devi solo aspettare un altro paio di minuti. Ce la puoi fare. È un gioco da ragazzi.»

La voce di Colt le faceva quasi lo stesso effetto dei

farmaci che usava per controllare gli attacchi d'ansia e panico. Quasi.

Macie sentì gli uomini avvicinarsi sempre di più al suo nascondiglio e il suo respiro accelerare ancora una volta. Non poteva farci niente. L'avrebbero trovata e torturata finché non avesse dato loro le informazioni. Non aveva idea di cosa stessero cercando quando si erano introdotti in casa sua, ma avrebbe detto ciò che volevano a patto che non le facessero del male.

«Tranquilla, tesoro. Ce la puoi fare.»

Era quello il punto, *non* poteva farcela, ma per qualche miracolo Colt pensava di sì. La sua voce era ancora calma e controllata.

«Merda. Non c'è» si lamentò uno degli uomini dopo essere passato accanto al suo nascondiglio.

«Andiamo, dev'essere qui da qualche parte. È a piedi nudi con un cazzo di pigiama. Nessun'auto è uscita dal parcheggio, quindi non se n'è andata. La stupida stronza è solo nascosta. Vai da quella parte e io...»

Il tizio si interruppe bruscamente quando in lontananza si sentì il suono delle sirene.

«Cazzo. Ha chiamato i fottuti poliziotti!» disse l'uomo che voleva "divertirsi" con lei. «Dobbiamo andarcene da qui.»

«Dannazione. Addio ai mille bigliettoni» si lamentò l'altro. «Torneremo dopo che la polizia se ne sarà andata. Non ci sfuggirà di nuovo.»

Macie non mosse un muscolo dopo che li sentì scappare. Rimase dov'era, rifiutandosi di fare qualcosa di stupido come uscire dal suo nascondiglio troppo presto e farsi prendere dagli uomini dopo tutto quello che aveva fatto per tenersi lontana da loro.

«Sono sirene?» le chiese Colt.

Macie annuì, pur sapendo che non poteva vederla, ma non era in grado di parlare. Le sue corde vocali si erano chiuse e si rifiutavano di lavorare. Le sue labbra erano secche e non aveva abbastanza saliva in bocca per leccarle.

«Non uscire, tesoro. Resta dove sei. Saremo lì tra» fece una pausa e Macie riuscì a immaginarlo mentre guardava suo fratello, «meno di dieci minuti. Anche se senti i poliziotti, resta lì. Truck dirà all'operatore del 9-1-1 che hai troppa paura per uscire. Non finirai nei guai. Mi hai sentito?»

Macie annuì di nuovo, ma non parlò.

«Sono orgoglioso di te, Mace. Stai andando alla grande. Hai fatto la cosa giusta. Sei uscita dal tuo appartamento, hai chiesto aiuto e sei rimasta nascosta. È esattamente ciò che dovevi fare.»

I suoi complimenti erano come un balsamo per la sua anima. Non era sicura di credergli – si sentiva la più grande codarda di sempre – ma in quel momento, decise di confidare nelle sue parole.

Sentì il suono delle sirene farsi sempre più forte, ma rimase concentrata su Colt. Se non l'avesse fatto, sarebbe crollata.

———

Colt ignorò gli sguardi che Truck gli stava lanciando dal posto di guida; di sicuro più tardi avrebbe avuto molte cose da chiedergli... non che potesse biasimarlo. Aveva appena iniziato a conoscere di nuovo sua sorella, ed era ovvio che non sapesse che soffriva d'ansia o che il suo comandante aveva passato la notte con lei dopo il matrimonio.

Non avevano *fatto* nulla, ma pensava che a Truck non sarebbe importato.

Però, in quel momento, la sua attenzione era tutta su Macie; sentiva i suoi respiri dall'altra parte della linea e anche le sirene in sottofondo ma, cosa più importante, non sentiva più gli uomini che la stavano cercando.

Continuò la sua litania di parole rassicuranti, per far sì che lei non si muovesse finché non fosse riuscito a raggiungerla, tenendosi aggrappato alla maniglia sopra alla sua testa mentre Truck continuava a guidare come un uomo posseduto; di certo non scherzava, aveva spinto la Wrangler al limite. Era un miracolo che non fossero stati fermati dalla polizia. Anche con le sue credenziali e il fatto che Truck fosse al telefono con un operatore del servizio d'emergenza, non pensava proprio che un agente sarebbe stato contento della sua guida spericolata.

Truck spense il telefono e Colt lo guardò. Aveva le labbra strette e sembrava essere a circa due secondi dal perdere la testa. Avrebbe voluto dirgli di stare calmo, che l'ultima cosa che serviva a sua sorella era di vederlo perdere il controllo, ma non poteva, perché stava ancora parlando con Macie.

«Macie? Ci siamo quasi. Posso vedere il tuo complesso di appartamenti davanti a me. È illuminato come un albero di Natale con tutte le luci blu e rosse della polizia. Sei al sicuro. Siamo arrivati. Stai ferma lì finché non vengo a prenderti, ok?»

Non gli aveva risposto, ma percepì un leggero mormorio che lo fece sentire meglio.

Non sapeva esattamente dove fosse, ma una volta che entrarono nel parcheggio, si guardò intorno e cercò di vedere la situazione dalla prospettiva di Macie. «Dov'è il suo appartamento?» chiese. Truck indicò un edificio a sinistra.

Annuendo, Colt scese dalla Jeep e andò in quella direzione. Venne fermato dalla mano di Truck sul braccio. «Trovi mia sorella, io vado a parlare con la polizia. Ma poi dovremmo parlare noi, *Signore*.»

Il titolo alla fine della frase fu espresso in modo tale da fargli capire quanto fosse irritato con il suo ufficiale in comando.

Annuendo, Colt si voltò per dirigersi verso una fila di macchine sul lato posteriore del parcheggio. Non c'erano luci che coprivano l'intera area e in lontananza si vedevano delle sagome scure che immaginava fossero gli alberi descritti da Macie.

Si ricordò quando gli aveva raccontato di quanto fossero belli e di come le piaceva guardarli quando lavorava alla scrivania nel suo appartamento. Si era ripresa dall'attacco d'ansia dopo il ricevimento di nozze e rilassata tra le sue braccia. Colt le aveva detto subito dopo che avrebbe voluto portarla a cena, e lei non aveva acconsentito ma nemmeno rifiutato. L'aveva preso come un buon segno, ma ovviamente si era sbagliato dato che se n'era andata la mattina dopo senza una parola e senza svegliarlo.

Scuotendosi di dosso i ricordi, Colt si concentrò sulla ricerca di Macie. «Sono qui» le disse piano al telefono. «Devi uscire così posso raggiungerti. Se gli altri uomini non sono riusciti a trovarti, non c'è alcuna possibilità che ci riesca io.» Stava mentendo, ma voleva rassicurarla che il suo nascondiglio era sicuro. Che aveva fatto un buon lavoro.

«Mace? Puoi uscire adesso. Tuo fratello è qui. Sei salva.»

Attese un istante... poi sentì un fruscio provenire dalla sua sinistra. Si voltò verso la fila di siepi che sembravano troppo spoglie per nascondere una donna adulta, ma Macie stava proprio strisciando fuori da lì.

Spense il telefono di Truck e se lo infilò nella tasca posteriore dei pantaloni mentre si precipitava da lei; era a carponi e lo guardò a occhi spalancati.

Senza pensarci, si inginocchiò e la prese tra le braccia. Invece di indietreggiare, Macie gli si strinse addosso così forte che Colt non riuscì più a capire dove finisse lei e iniziasse lui. Sentì il battito del suo cuore, troppo accelerato, contro il proprio petto, seppellì il viso nello spazio tra il suo collo e la spalla e gli circondò la vita con le braccia afferrandosi alla sua schiena. Era come se stesse letteralmente cercando di insinuarsi dentro di lui.

«Shhhh» mormorò. «Sono qui. Sei al sicuro.»

Macie non pianse. Gli rimase solo aggrappata come se lui fosse l'unica cosa tra lei e la morte certa. E in un certo senso, immaginava di esserlo stato.

Non avrebbe saputo dire per quanto tempo restarono lì abbracciati, tutto ciò che sapeva era quanto fosse bello tenerla tra le braccia e quanto fosse dannatamente sollevato che stesse bene. Alla fine, Colt si costrinse ad allentare la presa e ad allontanarsi da lei. Macie fece resistenza, ma lui le prese i polsi tra le mani sciogliendo l'abbraccio. Il suo battito era ancora accelerato come se avesse corso per un chilometro.

«Ciao, Mace» le disse sorridendo.

Lei fece del suo meglio per ricambiare il sorriso, ma svanì subito dal suo viso.

«Sei ferita?»

«No. Almeno non credo» rispose in tono sommesso.

La esaminò meglio che poté, ma dato che era buio in quell'angolo del parcheggio, non riuscì a vedere molto. Indossava una canotta scura e dei pantaloncini abbinati. Pensò distrattamente di essere contento che non fosse vestita di bianco, prima di aiutarla ad alzarsi.

«Oh!» esclamò Macie quando, una volta in piedi, le sue ginocchia cedettero.

Colt non perse tempo a chiedere quale fosse il problema, le mise un braccio dietro la schiena e uno sotto le ginocchia e la sollevò.

Si aggrappò a lui. «Non farmi cadere!»

«Ovvio che no. Pesi meno degli zaini che trasportavo durante le missioni» la rassicurò. «Riesco a tenerti.» Vide che stringeva ancora in mano il cellulare e non si preoccupò di dirle di metterlo via. In primo luogo, non aveva idea di dove avrebbe potuto metterlo, secondo, era stato la sua ancora di salvezza e glielo avrebbe lasciato tenere stretto per tutto il tempo necessario, se la faceva sentire più sicura.

Si avviò verso le luci delle auto della polizia dove, senza dubbio, avrebbero trovato Truck.

Lei appoggiò la testa sulla sua spalla e a Colt sembrò di camminare a tre metri da terra. Amava il modo in cui Macie si adattava alle sue braccia, la sensazione che gli dava. Non gli importava della sua ansia. Nessuno era perfetto. E se fosse riuscito a farla sentire meglio con se stessa e ad aiutarla con le cose che accadevano nella sua vita, sarebbe stato soddisfatto.

CAPITOLO DUE

MACIE, seduta di traverso su una sedia al tavolo della sua sala da pranzo, osservava con occhi diffidenti la polizia e gli investigatori che si muovevano nell'appartamento. Truck era in piedi alla sua sinistra, appoggiato al muro con le braccia incrociate sul petto e un cipiglio sul viso. Colt, dopo averle avvolto una coperta attorno alle spalle si era seduto vicino a lei e le teneva la mano. In effetti, non l'aveva praticamente mai lasciata andare dopo averla portata via dal suo nascondiglio.

«Perché non mi racconta tutto quello che è successo stasera?» le domandò senza girarci attorno il detective seduto di fronte a lei.

«Prima deve prendere i suoi farmaci» insistette Colt, poi si rivolse a Macie. «Le tue pillole sono in bagno?»

Lei annuì. «Posso andare da sola a prenderle» gli disse a bassa voce.

«Ci penso io. Cosa devo cercare?» chiese Truck.

Macie abbassò lo sguardo. Non era così che avrebbe voluto che Ford scoprisse quanto era incasinata. Era forte, coraggioso e straordinario, e di sicuro avere a che fare con una sorella pazza era l'ultima cosa che avrebbe voluto. Lui non...

«Macie» disse Colt con fermezza, obbligandola ad alzare la testa per guardarlo. «Dove sono le tue pillole?»

«Nell'armadietto a sinistra dei lavandini. Ho bisogno di una compressa di Vistaril.»

«Torno subito» li informò Truck.

«So che è difficile, ma stai andando alla grande» la rassicurò Colt. «Resisti un altro po' e ti porteremo in un posto tranquillo dove potrai rilassarti, ok?»

Non aveva idea di dove volesse portarla, ma era certa che ci tenesse che fosse d'accordo, quindi annuì. Tremava ancora a causa dell'attacco d'ansia e la testa le martellava, ma la cosa peggiore era che il suo incubo non era ancora finito; doveva parlare di ciò che era successo e che aveva sentito, poi se ne sarebbero tutti andati lasciandola di nuovo sola, e gli uomini avevano detto che sarebbero tornati e...

Colt intrecciò le dita con le sue e le strinse, sembrava sempre sapere quando era persa nella sua testa o troppo preoccupata.

Truck tornò poco dopo con una piccola pillola in mano. Le porse un bicchiere pieno d'acqua e lei la ingoiò con gratitudine. Se c'era un momento in cui aveva bisogno di essere insensibile, era quello.

«Prenditi il tuo tempo» le disse Colt con dolcezza. «Quando sei pronta, spiegaci cos'è successo stasera.»

Volendo finire il prima possibile, Macie non esitò. «Non riuscivo a dormire, così stavo leggendo. Ho sentito uno strano rumore e poi due uomini parlare. Cercavano di fare piano e se fossi stata addormentata non li avrei sentiti, ma dato che ero sveglia...» Sapeva che si stava spiegando in modo poco chiaro, ma nessuno l'aveva interrotta e ne era grata.

«Cosa stavano dicendo?» chiese il detective.

La mano di Macie si strinse involontariamente su quella di Colt. Non voleva ripetere quello che avevano detto. E se lui per qualche motivo avesse deciso di darle la colpa di ciò che era successo quella sera? E se Ford avesse deciso che era troppo problematica e non avrebbe voluto più parlarle?

«Respira» le sussurrò. «Sei al sicuro. Io e tuo fratello non lasceremo che ti succeda niente.»

Lo guardò e vide sincerità nei suoi occhi. Non aveva idea di cosa ci facesse lì con lei un uomo come Colt. Era incasinata. *Seriamente* incasinata. Ma anche abbastanza debole da fregarsene in quel momento. Aveva bisogno di lui.

«All'inizio, discutevano sul fatto che potessi sentirli o meno. Erano a conoscenza del mio "posto sicuro". Stavano per controllare se ero a letto e, in caso contrario, la mia stanza dentro la cabina armadio sarebbe stato il primo posto in cui avrebbero guardato.»

«Ha un *posto sicuro?*» chiese il detective, sedendosi più dritto sulla sedia.

«Una specie. È più che altro una stanzetta in cui mi piace andare quando ho bisogno di totale oscurità. Soffro di emicrania, e aiuta stare in un posto senza luce» spiegò Macie. Avrebbe potuto approfondire dicendogli che a volte era l'unico luogo in cui si sentiva al sicuro, che le piaceva nascondersi lì quando veniva sopraffatta dall'ansia, ma essendo consapevole di come la gente la percepiva, tenne la bocca chiusa.

«Quant'è grande?» incalzò il detective.

«È piccola. Forse circa due metri per uno. Ho solo fatto mettere una falsa parete nella parte posteriore dell'armadio» spiegò.

«Va bene, prosegua. Cos'è successo dopo?»

Macie fece un respiro profondo e continuò. «Quegli uomini erano lì per prendere qualcosa. Hanno detto che se l'avessero trovata stasera, avrebbero ricevuto un bonus da chi li aveva assunti.»

Guardò suo fratello e lo vide passarsi nervosamente una mano tra i capelli. Il solo vederlo così stressato fece aumentare la sua ansia.

Macie usò la mano libera per pizzicarsi la pelle della coscia. A volte un leggero dolore l'aiutava a mantenerla presente e a non dare di matto.

«Cosa stavano cercando?» la incalzò il detective.

Macie si aspettava quella domanda. Aveva cercato di pensare a cosa potesse volere da lei chiunque li avesse mandati, ma non le era venuto in mente nulla. Sapendo quanto fosse importante che l'agente le credesse, sollevò la testa e lo guardò negli occhi. «Non lo so. Non so chi fossero quegli uomini. Non so cosa stessero cercando. Non so come facessero a sapere del mio posto sicuro. Non so perché fossero interessati a qualcuno come me. Io non sono nessuno e non incontro molta gente. Lavoro da casa. La maggior parte dei giorni, le uniche persone con cui interagisco sono online. Non ci sto capendo niente di tutto questo.»

Sentì Colt stringerle le dita, poi spostarle l'altra mano dalla coscia e strofinare il punto che aveva pizzicato. Era quasi inquietante quanto *vedesse* dentro di lei, la metteva a disagio, ma allo stesso tempo la faceva sentire bene.

«Come sei uscita?» le chiese Colt.

Si voltò verso di lui. Preferiva guardare i suoi occhi gentili e compassionevoli piuttosto che il viso duro del detective. Era sicura che il poliziotto non le credesse, che pensasse che gli nascondeva qualcosa. Se avesse saputo cosa cercavano quegli uomini, gliel'avrebbe dato senza fare domande. L'ultima cosa che voleva era avere qualcuno che le dava la caccia.

«Sono saltata dalla finestra» disse con un tono piatto.

«Gesù Cristo» imprecò Truck.

Macie sussultò alle dure parole di suo fratello.

«Dicci di più» incalzò Colt con fermezza.

Fece un respiro profondo e tenne gli occhi su di lui. «Sai che ho bisogno di una via di fuga. L'ho cercata anche a casa tua.»

Lui annuì. «La prima cosa che hai fatto è stata guardare fuori dalle finestre, le hai testate per essere sicura di riuscire ad aprire quella nella mia camera da letto e perlustrato l'esterno per capire come avresti potuto andartene da casa mia.»

«Esatto. Perché avevo bisogno di sapere dove andare e cosa fare, nel caso ci fosse stato un incendio o un terremoto.»

«Ha senso. Continua» la esortò.

«C'è un grande albero proprio fuori dalla mia finestra. Ho scelto questo appartamento per quello. È piuttosto vicino alla mia camera e ha dei rami abbastanza grandi su cui, se necessario, saltare sopra per scendere a terra.»

«È così che ti sei fatta questi?» le chiese, facendo scorrere lievemente le dita sopra i brutti graffi sulle gambe e sulle braccia.

Macie scrollò le spalle. «Alcuni. Quelli sulle ginocchia me li sono fatti strisciando nel parcheggio.»

«Mace» disse Truck, poi si inginocchiò davanti a lei. «Dio, mi dispiace tanto. Ma... devi anche sapere che sono davvero molto orgoglioso di te.»

Lei sbatté le palpebre. Orgoglioso di lei? Era *orgoglioso* di lei?

«Sono stata una codarda» mormorò. «Ero così spaventata. Non ho nemmeno chiamato la polizia. Quei ragazzi mi avrebbero presa se non fosse stato per te e Colt.»

Truck le scostò i capelli dal viso. «*Non* sei una

codarda» la rimproverò. «Hai fatto ciò che dovevi, ti sei tirata fuori da quella situazione. Credimi, era quella la cosa più importante che dovevi fare.»

«Va bene. Quindi è saltata fuori dalla finestra ed è scesa da un albero. Poi si è nascosta, vero? E gli uomini sono venuti a cercarla?» chiese il detective, volendo ovviamente proseguire l'interrogatorio.

Truck le fece un'ultima carezza, poi si rialzò e si appoggiò di nuovo al muro.

Macie si schiarì la gola. «Sì. Colt mi ha detto di nascondermi, così mi sono infilata sotto a un'auto nella parte più lontana del parcheggio. Ma loro hanno immaginato che probabilmente mi sarei nascosta lì, così hanno iniziato a cercarmi. Sono strisciata fuori da sotto la macchina e mi sono infilata in un cespuglio. Sono rimasta accovacciata lì, poi gli uomini sono stati spaventati dalle sirene.»

«Hanno detto qualcos'altro?» chiese il detective. «Può darci qualcosa che ci aiuti a trovare quei tizi?»

Odiava il tono impaziente nella sua voce e desiderava potergli dire esattamente chi fossero e perché erano entrati nel suo appartamento. «Hanno detto che sarebbero tornati per prendere ciò che stavano cercando.»

«Non esiste che rimani qui stanotte o in un prossimo futuro» disse Truck con fermezza. «Puoi venire e stare con me e Mary.»

Macie stava già scuotendo la testa prima che finisse

la frase. «Non posso stare con voi. Vi siete appena sposati!»

«Be', qui non rimani» ripeté. «Mace, hanno detto che sarebbero tornati. Non è sicuro restare qui.»

Lo sapeva. Era stata lei a dover saltare dalla finestra, ad aver dovuto ascoltare l'uomo che diceva di volerle far del male. Era stata lei a dover strisciare sull'asfalto del parcheggio per cercare di rimanere nascosta.

Per la prima volta da molto tempo, era furiosa; con la situazione, con Ford che diceva qualcosa di ovvio. Ma non appena fu travolta da quel sentimento, lo respinse. La rabbia era ciò che aveva allontanato suo fratello tanti anni prima.

«Può restare con me» dichiarò Colt, dirottando con successo l'attenzione di Macie.

«Che cosa?» gli chiese.

«È una buona idea» confermò il detective.

Lei guardò prima un uomo poi l'altro, non sapendo cosa dire.

«Macie, guardami» disse Colt.

Si voltò verso di lui.

«*Tu* cosa vuoi fare? Cosa stai pensando?»

«Non voglio restare qui» sbottò lei. «Uno dei ragazzi era determinato a mettere le mani su di me, se capisci cosa intendo. Ma non voglio restare con mio fratello perché lui e Mary hanno appena trovato un po' di tranquillità e non vorrei essere di peso. Ma non voglio nemmeno farlo arrabbiare restando *con* te.» La sua voce divenne un sussurro. «L'ultima volta che ho litigato con lui, non l'ho più visto per quasi vent'anni.»

E a quello, Truck si accucciò di nuovo al suo fianco. «Mace... di cosa stai parlando?»

Macie si morse il labbro e non riuscì a guardarlo, fissò invece la sua spalla. «Abbiamo litigato prima che partissi per l'addestramento, ed eri così arrabbiato con me che non sei mai tornato a casa. Non mi hai scritto o parlato per anni. Non voglio fare niente che possa farti infuriare così tanto con me.»

«Mercedes Laughlin» disse Truck con tono gentile ma fermo. «Guardami.»

Non voleva. Non voleva *davvero*. Percepiva già la sua condanna. Iniziò ad ansimare e si pizzicò di nuovo la coscia, cercando di scongiurare un altro attacco d'ansia.

«Calma, Truck» lo avvisò Colt.

«Macie» continuò suo fratello in tono ancora più gentile, avvicinandosi ma senza toccarla. «Abbiamo litigato la sera prima che partissi, ma la mattina dopo mi era già passata. I fratelli e le sorelle litigano. Succede. Ero preoccupato per te, sai che non mi piaceva quel ragazzo che stavi vedendo. Ma eravamo adolescenti. E comunque ti ho scritto, per *anni*. Ma quando non ho ricevuto risposta, ho pensato che fossi ancora arrabbiata con me.»

Macie sollevò la testa e lo fissò. «Davvero?»

«Sì, Mace. Ti voglio bene. Te ne ho sempre voluto e sempre te ne vorrò. Ho anche chiamato parecchie volte a Natale, al tuo compleanno, ma la mamma mi ha sempre detto che non volevi parlare con me.»

«Non sapevo che avessi chiamato» disse scioccata. «E non ho ricevuto nessuna lettera.»

Il viso di Truck si indurì. «Genitori di merda» mormorò.

«Hanno detto che non sei mai tornato a casa per colpa *mia*, perché ero una sorella terribile. A causa del...»

Si bloccò all'ultimo secondo e chiuse di scatto la bocca.

«Del cosa?» incalzò.

Macie scosse la testa.

Truck sospirò. «Ero preoccupato per te allora e lo sono ancora adesso, ma non sono arrabbiato. Ti ho appena ritrovata, *niente* mi impedirà di parlarti, di conoscerti meglio. Ti voglio bene, sorellina.»

«Ma ho l'impressione che tu non voglia che rimanga con Colt. Perché?»

Vide Ford fare un respiro profondo, guardare il suo comandante e poi di nuovo lei. «Sei mia sorella. Nessuno ti merita. Non mi piace il fatto di non essere stato messo al corrente che voi due vi eravate... *avvicinati* al mio matrimonio.»

Rifiutandosi di guardare Colt, in qualche modo riuscì a trovare il coraggio di chiedere: «Non è una brava persona?»

Lo sentì stringerle la mano, ma non si intromise né espresse il suo parere.

«È una persona straordinaria» disse subito Truck.

«Mi fido ciecamente di lui. Non ho dubbi che si prenderebbe cura di te e si assicurerebbe che tu sia al sicuro, ma sei mia *sorella* e non mi piace il pensiero che tu stia con un uomo. Non mi piaceva quando avevo diciotto anni e uscivi con quel coglione, e nemmeno adesso.»

«Sono uscita con degli uomini» lo informò. «In effetti, ho rotto con un ragazzo un po' prima del tuo matrimonio.»

«Non è questo il punto...» iniziò Truck.

«In realtà» lo interruppe il detective. «Penso che sia un *ottimo* punto, a cui stavo per arrivare. Chi è? Qual è il suo nome? Potrebbe aver avuto qualcosa a che fare con quello che è successo stasera?»

Macie si voltò a guardare l'agente. Sorprendentemente, si era dimenticata che lui fosse seduto lì ad ascoltare. La sua mente era ancora turbata da tutto ciò che le aveva detto suo fratello.

«Già, Mace. Chi è?» chiese Truck, alzandosi di nuovo in piedi.

«Ci siamo lasciati un po' di tempo fa.» L'ultima cosa che voleva fare era parlare di Teddy.

«Cosa ti ha fatto?» ringhiò suo fratello.

Macie scosse la testa. Non voleva *proprio* parlare di lui, soprattutto non con Colt e Ford. «Niente.»

«Tesoro» disse Colt «Va tutto bene. Non ti giudicheremo. Dobbiamo sapere se ha qualcosa a che fare con questa situazione.»

Abbassò lo sguardo sulla sua gamba e quasi scoppiò a ridere. Non l'avrebbero giudicata? Si sentiva giudicata praticamente da ogni singola persona che incontrava ogni giorno della sua vita... temeva che pensassero che non fosse all'altezza. Sapeva che probabilmente era l'ansia che le incasinava la testa, ma se invece non fosse stato così? E se fosse stata davvero una persona orribile?

Si sentiva un po' disorientata dopo aver preso la compressa di Vistaril, ma non così tanto da parlare dell'errore colossale che aveva fatto uscendo con Teddy.

Quando nessuno disse nulla dopo un lungo momento di pausa, sospirò. Non avrebbero rinunciato, era meglio togliersi il peso. «Ho incontrato Teddy online. Sembrava carino. Abbiamo iniziato a frequentarci. È venuto qui un paio di volte e ha guardato dei film insieme a me, ma non mi sono mai sentita veramente a mio agio con lui. Un giorno siamo usciti a pranzo e ho avuto un attacco d'ansia, si è sentito in imbarazzo e se n'è andato.»

«Ti ha lasciata lì? Quando avevi bisogno di lui? Che stronzo!» sbottò Colt.

Macie lo guardò sorpresa. Le aveva stretto di più la mano ed era evidente che fosse turbato per lei.

«È venuto più tardi quella sera ma non l'ho lasciato entrare. Ho rotto con lui. Si è agitato, ma se n'è andato senza protestare. Da allora non ho più avuto sue notizie.»

«Qual era il suo cognome?» chiese il detective.

«Dorentes» rispose Macie.

«Theodore Dorentes?»

«Sì.»

Il detective fece un fischio lungo e basso.

«Che problema c'è?» domandò Truck. «Lo conosce?»

«Sì, può dirlo forte» disse in tono piatto il detective. «Possesso di droga, spaccio, aggressione, furto e disturbo della quiete pubblica... tanto per cominciare.»

Macie trattenne il respiro. «Sul serio?»

«Sì» confermò.

Si voltò verso Colt. «Non lo sapevo. Giuro che non lo sapevo.» Poi guardò suo fratello. «Davvero!»

«Shhhh, lo sappiamo» la calmò Colt.

«Ok, quindi penso che abbiamo capito chi ha ordinato ai due tizi di entrare in casa sua» disse il detective. «La domanda è: cosa stavano cercando?»

Tutti e tre gli uomini la guardarono.

Lei deglutì e scrollò le spalle. «È stato qui poche volte.»

«Mi pare ovvio che abbia nascosto qualcosa da qualche parte» dichiarò Truck.

Macie sentì il petto stringersi e le dita iniziare a formicolare ancora una volta. Si guardò intorno e non vide nulla che sembrasse fuori posto. «Che cosa? Dove? Non ho mai visto niente in giro.»

«Probabilmente l'ha nascosto in modo che lei *non* lo trovasse, pensando di prenderlo la volta successiva che fosse venuto, ma poi ha rotto con lui» rifletté il detective.

«C'è droga nel mio appartamento?» praticamente urlò. Meno male che i suoi farmaci anti-ansia funzionavano.

«Perché ci ha messo così tanto per tornare a prenderla?» meditò ad alta voce Truck.

Il detective scrollò le spalle. «Non ne ho la minima idea. Forse fino ad ora non era stato importante. Ha senso che sapesse del suo posto sicuro. Immagino che gliel'abbia detto, no?» chiese a Macie.

«No! Non lo frequentavo da molto» rispose con veemenza. «Ma...» La sua voce si affievolì.

«Ma cosa?» incalzò Colt.

«Una volta, quando era qui mi sono alzata per prenderci qualcosa da bere e Teddy mi ha detto che aveva bisogno di usare il bagno. Ci ha messo tanto e ho pensato che avesse... problemi di stomaco. Non volevo metterlo in imbarazzo, quindi non gli ho chiesto nulla.»

«Probabilmente stava curiosando alla ricerca di un posto dove riporre ciò che voleva nascondere. Magari un altro spacciatore gli faceva pressione ed era disperato» disse il detective. «Poi, quando ha rotto con lui, non ha avuto l'opportunità di tornare per riprendere la sua roba.»

Macie rabbrividì pensando a Teddy che curiosava in casa sua e trovava la sua stanzetta. Non sapeva se si sarebbe mai più sentita al sicuro lì.

«Penso che abbiamo finito qui» intervenne Colt. «Macie è quasi al limite. Truck, puoi portare la sua macchina a Killeen? Lei può venire con me.»

Truck guardò il suo comandante per un secondo e Macie pensò che avrebbero iniziato a litigare, ma alla fine fece solo un rapido cenno del capo.

«Non hai nulla di cui preoccuparti, non succederà niente a tua sorella.»

«Sarà meglio» sussurrò Truck. Poi si inginocchiò di nuovo accanto a Macie, le mise una mano sulla coscia e il peso e il calore furono una bella sensazione sulla sua pelle gelida. «Grazie per avermi chiamato stasera, Mace. Sono davvero felice che tu stia bene.»

«Grazie per essere venuto.»

«Ogni volta che avrai bisogno di me, ci sarò» rispose. «E so che sarà impossibile, ma te lo chiedo comunque, dimentica *tutto* quello che i nostri genitori ti hanno detto su di me e su ciò che è successo allora. Non era vera nemmeno una parola. Sono esseri umani orribili e odio di non aver cercato di rimanere in contatto con te. La mia unica scusa è che ero giovane e stupido e non volevo avere più niente a che fare con loro. Mi vergogno di aver pensato, anche solo per un secondo, che avresti potuto avere anche una sola buona ragione per non voler parlare con me. Non avrei dovuto lasciare che i miei sentimenti verso di loro interferissero con il nostro rapporto e per ciò mi vergognerò per sempre di me stesso.»

Gli occhi di Macie si riempirono di lacrime. Aveva ragione, era impossibile cancellare tutti quegli anni di offese che i suoi genitori le avevano scagliato contro, ma odiava che lui si sentisse responsabile di ciò che era successo.

«Sarei dovuta venire a trovarti quand'eri ferito.» I suoi occhi andarono alla brutta cicatrice sul viso di suo fratello. «Pensavo che non volessi vedermi. Ma devi sapere che ho spezzato ogni legame con mamma e papà quando sono tornati a casa dopo averti fatto visita in Germania. Facevano commenti davvero orribili e anche se è stata una delle cose più difficili che abbia mai fatto, ho detto loro che erano morti per me. Da allora non ho più avuto nessun contatto.»

Truck chiuse gli occhi per un secondo prima di annuire. Si alzò e le baciò la testa. «Porterò Mary a trovarti domani.»

«Non sono sicuro...» iniziò Colt, ma Truck lo interruppe.

«Domani» ripeté con fermezza.

Macie guardò prima uno poi l'altro. Alla fine annuì.

«Chiamo Ghost per farmi venire a prendere a casa sua dopo aver portato lì l'auto di Macie» disse, poi si voltò e si avviò verso la porta d'ingresso dell'appartamento.

«Dopo che avremo controllato questa sua stanza sicura, i miei ragazzi avranno quasi finito di cercare» li informò il detective, alzandosi anche lui. «Ovviamente, se dovesse trovare qualcosa che non le appartiene, non la tocchi e mi *chiami*.»

Macie stava annuendo quando Colt disse: «Lo faremo. Grazie.» Poi guardò lei. «Sei pronta per fare i bagagli? Voglio dare un'occhiata anche a quei graffi e pulirli prima di andarcene da qui.»

Lei deglutì a fatica e fece un respiro profondo. Le faceva male la testa e le dita le formicolavano ancora, ma il pensiero di tornare a casa con Colt la confortò. Si alzò e barcollò. Si strinse la coperta intorno alle spalle e chiuse gli occhi.

«Piano, Mace.» Sollevandola come se non pesasse più di un bambino, Colt si incamminò lungo il corridoio che portava alla sua camera da letto.

Invece di preoccuparsi di dove avrebbe dovuto mettere le mani o se lui l'avrebbe fatta cadere, Macie appoggiò la testa sulla sua spalla e mantenne gli occhi chiusi.

Era passato molto tempo, forse un'eternità, da quando si era sentita calma come in quel momento, in parte era l'effetto delle medicine che aveva preso prima, ma soprattutto era merito di Colt. C'era qualcosa in lui che le dava un senso di stabilità.

CAPITOLO TRE

Colt fece del suo meglio per tenere sotto controllo la rabbia. Era incazzato da morire. Non appena fosse riuscito a mettere le mani su quel Teddy, il bastardo si sarebbe pentito di non essersi semplicemente allontanato da Macie. Vederla seduta con le spalle curve e preoccupata che Truck avrebbe potuto andarsene e non parlarle mai più, gli aveva fatto venire voglia di prendere a pugni qualcosa.

Non conosceva i suoi genitori, ma li odiava lo stesso.

Doveva cercare di trattenere le proprie emozioni, altrimenti Macie si sarebbe inquietata ancor più di quanto già non fosse. Colt aveva un cugino che soffriva d'ansia, così aveva ne parlato con sua zia e, nonostante non avesse compreso parecchie cose, si era reso conto che per Macie questa situazione era impossibile da controllare, dato che si sarebbe preoccupata costantemente di qualsiasi cosa.

Ma non avrebbe avuto problemi a rassicurarla quando ne avesse avuto bisogno. Il discorso dell'ansia non era un motivo di rottura per quanto lo riguardava. Da quel poco che sapeva di lei, era una persona straordinaria. Aveva guardato alcuni dei siti web che aveva progettato e ne era rimasto molto colpito. Era creativa e generosa e avrebbe fatto il possibile per proteggerla da qualsiasi cosa potesse causarle stress in futuro.

Quando aveva iniziato a pensare a una relazione a lungo termine, Colt non sapeva a cosa sarebbe andato incontro, ma non era stressato al riguardo. Si era sentito in sintonia con Macie quando era stata a casa sua dopo il matrimonio di Truck e Mary, e aveva pensato che al mattino avrebbe avuto il tempo di prepararle la colazione e farsi dare il suo numero, in modo da poter continuare a conoscersi.

Ad un certo punto, avrebbe dovuto chiederle perché se n'era andata in quel modo... ma quello non era il momento giusto.

Fece sedere Macie con delicatezza sul ripiano del mobile del bagno, si chinò e mise le mani sulla superficie fredda accanto ai suoi fianchi e aspettò che lei aprisse gli occhi. Passarono parecchi minuti, ma quando finalmente portò il suo bellissimo sguardo su di lui, Colt non era preparato alla scarica elettrica che sentì.

Le mise una mano sulla guancia, incoraggiato quando lei inclinò la testa per appoggiarla sul suo palmo. «Stai bene?» chiese piano.

Lei annuì ma disse: «No.»

Sorrise a quella contraddizione, ma aveva la sensazione che fosse del tutto onesta. «Dov'è il tuo kit di pronto soccorso?»

Sollevò la testa e indicò un armadietto dietro di lui.

Colt si premurò di prendere i cerotti e l'acqua ossigenata. Quando si voltò di nuovo, dovette fare un respiro profondo. Aveva volutamente messo da parte il pensiero che lei indossasse solo una canotta e un paio di pantaloncini corti, ma aveva lasciato cadere la coperta e non poté impedirsi di percorrere con lo sguardo il suo corpo: i piedi, le gambe lunghe e le cosce sinuose. La sua pancia non era piatta, ma Macie non era nemmeno in sovrappeso. E i suoi seni erano abbondanti e pieni. Mentre la fissava, vide i suoi capezzoli inturgidirsi sotto il cotone.

Alla fine alzò gli occhi e vide che lei lo stava esaminando altrettanto apertamente. Aspettò che finisse di osservarlo, poi disse: «Vediamo di ripulirti così possiamo andarcene da qui.»

Annuì, mentre arrossiva.

Rifiutandosi di pensare a quanto la trovasse sexy – ma amando il fatto che anche lei sembrasse interessata a squadrarlo – Colt si concentrò sulla pulizia dei graffi. Posò il flacone sul ripiano e le prese una mano. Il palmo era escoriato e rosso, e odiava il pensiero che fosse perché aveva dovuto saltare dalla finestra su un albero. Odiava ogni singolo livido e segno sulla sua pelle liscia. Mentre la medicava, Macie non pianse e non emise alcun suono. Purtroppo sapeva di doverle far male, ma lei rimase stoica e calma mentre le curava le ferite.

Quando fu finalmente soddisfatto di aver disinfettato i graffi più brutti, l'aiutò ad alzarsi e le avvolse di nuovo la coperta intorno alle spalle. «Hai bisogno di aiuto per fare i bagagli?»

Lei considerò la sua offerta per un secondo, poi scosse la testa. «Quanto tempo starò da te?»

Per sempre avrebbe voluto rispondere ma si trattenne, sapendo che l'avrebbe agitata... e che era una follia. «Almeno un paio di giorni. Dobbiamo dare al detective il tempo di trovare Teddy e scoprire cosa sta tramando. Il dipartimento di polizia aumenterà le pattuglie della zona, ma non possono essere qui ogni minuto. Gli stronzi di stasera probabilmente torneranno e non voglio che tu sia in zona quando succederà.»

«Va bene» disse lei con voce un po' vuota.

Colt non era troppo preoccupato per il suo tono; aveva la sensazione che la pillola stesse finalmente cominciando a fare effetto. Macie andò alla porta del bagno e poi si voltò.

«Ehm... mentre mi cambio e preparo dei vestiti, mi faresti un favore?»

«Qualsiasi cosa» rispose subito.

Ciò la fece sorridere. «E se chiedessi qualcosa di folle?» ribatté lei, inclinando la testa.

«Farei tutto il possibile per darti ciò di cui hai bisogno» replicò.

Macie scosse la testa mantenendo un piccolo sorriso

sulle labbra. Colt fu felice di essere riuscito a farla sorridere dopo tutto quello che aveva passato.

«Di cos'hai bisogno, tesoro?»

«Nella mia stanzetta sicura c'è una scatola, me la prenderesti? Vorrei portarla con me... se non è un problema.»

«Certo che sì. Posso chiedere cosa contiene?» Aveva comunque intenzione di dare un'occhiata a quella stanza. Sapeva che i poliziotti l'avevano già controllata per vedere se Teddy avesse lasciato qualcosa, ma voleva accertarsene anche lui.

«Non è niente di costoso o illegale. È solo una scatola da scarpe piena di ricordi. Roba di quando ero più giovane, del college e cose del genere.» Scrollò le spalle. «Non è chissà cosa, ma preferirei che non andasse distrutta se quei ragazzi dovessero tornare.»

Colt era curioso di sapere quali ricordi significassero così tanto per lei, ma non voleva farle pressione. «Qualcos'altro?»

«Posso portare il mio computer? E i miei documenti di lavoro? Oh, e nell'altra stanza c'è una scatola di CD e le cuffie che mi piacerebbe portare con me, se è possibile.»

Il sorriso di Colt si allargò. «Nessun problema. Che altro?» In realtà sperava che lei continuasse a elencare i suoi beni più preziosi, perché più cose trasferiva a casa sua, più si sarebbe sentita a suo agio. E più si fosse sentita a suo agio, meno incline sarebbe stata a tornare in *questo* posto. Per quanto lo riguardava, avrebbe potuto trasferire tutto il cazzo di appartamento. Aveva un sacco di spazio per le sue cose. Per lei.

«Ehm...» Guardò la camera da letto e poi di nuovo lui. «Non lo so.»

Colt le si avvicinò e le mise le mani sulle spalle. «Qualunque cosa tu voglia portare va bene per me. Se non c'è abbastanza spazio nella Wrangler, possiamo tornare domani.»

«Perché sei così gentile con me?» gli chiese confusa, aggrottando le sopracciglia.

«Perché mi piaci, Macie Laughlin. Non hai fatto nulla perché ti accadesse questa cosa stasera, ma voglio assicurarmi che tu ti senta il più a tuo agio possibile a casa mia. So che questa situazione è stressante per te e voglio alleviarti il peso come posso.»

«Oh.»

Era evidente che fosse ancora insicura, quindi aggiunse: «E perché sei la sorella di Truck. E tutti gli uomini sotto il mio comando sono come fratelli per me.»

Lei annuì, come se quella risposta avesse più senso rispetto al fatto che lei gli piacesse.

«Vai a fare le valigie» le ordinò gentilmente, voltandola verso la camera da letto. «Prenderò la scatola dalla tua stanza sicura, che tra l'altro non vedo l'ora di vedere, poi il computer e i CD. Tu cambiati e chiamami quando hai finito. Tornerò a prendere la tua valigia così non ti ferirai di più le mani. Va bene?»

«Posso portarmela da sola» protestò.

«Tesoro, ho detto che ci penso io. In futuro ci saranno molte altre occasioni in cui ti lascerò portare la tua roba, ma stasera non è una di quelle. Ok?»

Lo fissò, ma alla fine annuì. «Posso chiedere qualcos'altro?»

«Certo.»

«Perché eri ancora sveglio e con mio fratello quando ho chiamato? Ho interrotto qualcosa d'importante?»

Aveva avuto la sensazione che quella cosa la preoccupasse. «I miei due team di soldati sono tornati da una missione ieri sera, stavamo facendo rapporto.»

Spalancò gli occhi per l'orrore. «Ti ho interrotto mentre lavoravi?»

Colt non si sarebbe potuto fermare nemmeno se qualcuno gli avesse puntato una pistola alla testa; si chinò e le coprì le labbra con le proprie in una breve carezza. Appoggiò la fronte sulla sua e intrecciò le dita alla base della sua schiena. Sentì il cuore sussultare quando Macie posò le mani sul suo petto senza però allontanarlo.

«Non hai interrotto nulla» la rassicurò. «Avevamo quasi finito ma, in ogni caso, sei più importante del lavoro. Non importa che ora sia o cosa pensi che stia facendo, se hai bisogno di qualcosa, chiama. Capito?»

Rimase zitta a lungo e Colt sollevò la testa per fissarla. «Capito?» ripeté.

«Non posso prometterlo. Voglio dire, sai come sono, mi preoccuperei di averti disturbato o che potrei darti fastidio o che il tuo *capo* potrebbe arrabbiarsi. E che penseresti che sono stupida o debole.»

«Macie, non...»

Lo interruppe. «Quindi non posso promettere di chiamare *sempre*, ma se si tratta di una vera emergenza come stasera, lo farò.»

Colt avrebbe voluto protestare, ma era stato uno sforzo enorme per lei dirgli ciò che stava provando e come la faceva sentire l'ansia. «Va bene, tesoro. Ma ti darebbe fastidio se ti chiamassi quando ho bisogno di qualcosa?»

«Lo faresti?»

«Sì, Mace. Potrebbero esserci momenti in cui ho bisogno di aiuto con qualcosa ma, come te, non vorrei interromperti se stessi lavorando o facendo qualcosa di importante.»

«Certo che puoi chiamarmi» disse sommessamente. «Credo che niente di ciò che faccio sia importante quanto quello che fai tu.»

«Sono sicuro che gli autori e le altre persone per cui lavori non sarebbero d'accordo. Ho visto alcuni dei siti web che hai progettato, non credo sia stato un lavoro semplice e so che li tieni anche aggiornati. *So* che può essere impegnativo, considerando la velocità con cui scrivono alcuni autori.»

Quell'affermazione gli valse un altro piccolo sorriso.

Costringendosi a fare un passo indietro, indicò la camera da letto. «Non portare la valigia da sola. Torno tra un attimo. Ok?»

«Va bene. Colt?»

Sorrise. «Sì?»

«Grazie. Stanotte ero davvero spaventata.»

«Sono contento di esserci stato» disse semplicemente, poi si costrinse a voltarsi per permetterle di cambiarsi e fare le valigie. Se fosse rimasto lì più a lungo, non sapeva cosa sarebbe potuto uscire dalla sua bocca.

Era un soldato esperto, nella sua vita aveva visto e fatto molte più cose spiacevoli di quante chiunque avrebbe dovuto. Non era orgoglioso di alcune delle sue azioni passate, ma non poteva cambiarle. Però, il pensiero di arrivare lì e poter trovare Macie morta lo perseguitava più di qualsiasi altra carneficina avesse vissuto.

La lasciò nel bagno a preparare i suoi prodotti da toeletta e fece una breve sosta nella cabina armadio per prendere la scatola da scarpe che aveva menzionato. La sua stanza sicura era proprio come l'aveva descritta, un piccolo spazio tranquillo con un sacco a pelo arrotolato a un'estremità. Trovò la scatola che voleva e andò in soggiorno.

Quando iniziò a raccogliere i CD sparpagliati intorno al portatile sulla scrivania, Colt incominciò a fare dei piani. Voleva che la sua casa fosse un luogo sicuro per Macie, che si sentisse rilassata e potesse fare tutto ciò che serviva a ridurre al minimo l'ansia durante la sua permanenza. Più al sicuro si fosse sentita, più sarebbe stata a suo agio, così forse sarebbe stata più aperta all'idea di frequentarlo a lungo termine.

Non sapeva cos'avesse fatto la notte del matrimonio di Truck per farla scappare, soprattutto quando le cose sembravano andare bene, ma ora che gli era stata data una seconda possibilità, non aveva intenzione di rovinare tutto.

CAPITOLO QUATTRO

MACIE SI STROFINÒ NERVOSAMENTE le mani sui jeans mentre aspettava che arrivassero Mary e le altre. Non vedeva la moglie di suo fratello dal giorno del loro matrimonio e, sebbene la donna le piacesse, aveva la tendenza a essere troppo schietta. In un certo senso era piacevole, perché non doveva mai chiedersi cosa stesse pensando, ma dall'altro era terrorizzata all'idea di fare qualcosa che l'avrebbe irritata, tanto da portare sua cognata a odiarla.

Colt aveva insistito per rimandare quella visita di quasi una settimana e Macie gliene era estremamente grata. Aveva visto Truck diverse volte; era andato a casa del comandante per assicurarsi che lei stesse bene ed era anche tornato nel suo appartamento per prenderle altri vestiti e oggetti.

Macie aveva lasciato a malapena la casa di Colt in una settimana, ma era contenta così. Lui andava al lavoro ogni mattina ma tornava a pranzo per vedere come stava, ed era a casa alle tre e mezzo ogni pomeriggio. Le aveva spiegato che dato che gli uomini sotto il suo comando erano appena tornati da una missione difficile durata due settimane, di cui aveva monitorato i loro movimenti quasi ventiquattro ore su ventiquattro sette giorni su sette, aveva una certa flessibilità riguardo agli orari d'ufficio.

Non le era piaciuto sapere della missione di suo fratello. Non che Colt le avesse detto molto, ma solo sentire che era stato all'estero a fare qualcosa di pericoloso era più che sufficiente per farla preoccupare.

Si sedette al tavolo della sala da pranzo che usava per lavorare. Il panorama era altrettanto bello come quello del suo appartamento. La finestra si affacciava su un piccolo parco del quartiere. Macie aveva sempre desiderato avere dei bambini. Sempre. Ma si era tenuta lontana da loro perché era troppo doloroso. In quel momento, tuttavia, si ritrovò a fissare a lungo i ragazzini nel parco giochi. Sembravano così spensierati. Così felici. Non riusciva a ricordare un momento della sua vita in cui si fosse sentita veramente rilassata come loro. Forse prima che Ford partisse per l'esercito.

Il pensiero di quando suo fratello se n'era andato e di ciò che era successo in seguito, le fece salire l'ansia. Non aveva idea di come potesse tenere ancora a lei dopo che non aveva riposto alle lettere; non che fosse stata al corrente di averle ricevute, ma comunque... Era già passato molto tempo dall'ultima volta che aveva parlato con i suoi genitori, ma si ripromise ancora una volta di non rivederli mai più. Non li avrebbe mai perdonati, e non solo perché avevano tenuto Ford fuori dalla sua vita di proposito.

Il campanello suonò facendola sussultare. Lanciando un'occhiata all'orologio vide che erano le tre. Obbligandosi ad alzarsi, andò alla porta d'ingresso. Guardò attraverso lo spioncino, vide che c'erano Mary e le altre e fece un profondo respiro. Colt non era in casa – aveva detto che sarebbe tornato il prima possibile – quindi era da sola. Macie sentì il cuore accelerare, incrociò le braccia e si pizzicò i bicipiti, cercando di tenere sotto controllo l'ansia; era sua cognata, era tutto ok.

«Mace!» esclamò Mary allegramente non appena aprì la porta. «Era ora!»

La spalancò per far entrare tutte. Le aveva riconosciute, ma Mary gliele presentò lo stesso. «Sono sicura che te lo ricordi, ma questa è la mia migliore amica, Rayne. Dietro di lei ci sono Emily e sua figlia Annie, e Casey. Avrebbero voluto venire anche le altre, ma avevano da fare. Organizzeremo presto un'altra visita anche con loro.»

Macie sorrise alle ragazze e chiuse la porta una volta che furono entrate tutte. Indicò il soggiorno e si morse il labbro mentre le seguiva. Non aveva preparato niente da mangiare per loro, probabilmente avrebbe dovuto. Soprattutto per Annie. I bambini avevano sempre fame, no? Avrebbe dovuto fare dei biscotti, sarebbe stato facile.

Merda. La sua roba era sparpagliata su tutto il tavolo della sala da pranzo. Era abituata a lasciare tutto così perché di solito c'erano solo lei e Colt e lui le aveva detto di lasciare il computer sul tavolo, quindi mangiavano sul divano in salotto guardando la TV.

Macie era sul punto di avere un vero e proprio attacco d'ansia quando sentì una piccola mano scivolare nella sua. Guardando in basso, vide Annie fissarla con un grande sorriso. Aveva i capelli un po' arruffati ma la bambina sembrava non accorgersene o preoccuparsene. Indossava un paio di jeans sporchi sulle ginocchia e una maglietta rosa ricoperta di paillettes bianche. Socchiudendo gli occhi, Macie vide che aveva la scritta "Mi piacciono i brillantini".

Annie la vide osservarla e sorrise. «Ti piace la mia maglietta?»

«È carina» le rispose.

La piccola arricciò il naso e disse: «Guarda cosa può fare!» Fece scorrere la mano libera sul petto e le paillettes cambiarono direzione e colore. Adesso erano marroni e la scritta diceva: «Ma anche il fango è fico.»

Macie sorrise. «È divertente.»

«Vorrei che la parte marrone fosse quella che si vede tutto il tempo» disse imbronciata.

«Annie, di cos'abbiamo parlato?» la rimproverò Emily con dolcezza.

La bambina guardò sua madre. «Che devo solo ringraziare quando le persone fanno un apprezzamento. Ma Macie è mia amica, posso raccontarle i segreti.»

Lanciò un'occhiata sorpresa alla piccola. «Ti ho incontrata solo una volta. Al matrimonio.»

Annie la guardò con i suoi grandi occhi azzurri e disse: «Ma sei la sorella di Truck e lui è il mio zio preferito. E mio fratello ha il suo nome, quindi significa che sei mia zia, pertanto siamo amiche.»

Gli occhi di Macie si riempirono di lacrime e dovette distogliere lo sguardo dalla bambina prima di rischiare di scoppiare a piangere. Per la milionesima volta nella sua vita si rammaricò di essere così debole, di aver lasciato che i suoi genitori la costringessero a prendere la peggiore decisione della sua vita.

«Pertanto?» chiese Mary con una risata.

«Sta leggendo molto» la informò Emily. «È la sua nuova parola preferita.»

«Sono contenta che siamo amiche» disse Macie ad Annie.

«Anch'io» replicò lei felice.

Era passato molto tempo da quando si era sentita accettata così in fretta e senza condizioni. Quella ragazzina era riuscita a farla sentire a suo agio in un modo che raramente succedeva con gli altri... bambini compresi.

«Dov'è tuo fratello?» le chiese.

«Lui e papà stanno passando un momento speciale tra uomini e io non sono stata invitata.» Fece il broncio.

Macie guardò Emily.

L'altra donna rise e spiegò: «Avevo bisogno di una

pausa. Ethan non dorme molto così Fletch lo ha portato in ufficio per tutto il pomeriggio.»

«Volevo andarci anch'io» borbottò sconsolata Annie. «E volevo un momento speciale tra uomini.» Poi si rianimò «Ma volevo anche venire a trovarti. Quindi, eccomi qua!»

Macie le strinse la mano. «Sono contenta.»

«Non ero mai stata a casa del comandante» rifletté Casey.

«Nemmeno io» replicò Rayne. «E lo conosco da più tempo.»

«È carino qui» notò Mary. «Ci si sente a proprio agio.»

«Perché sembri sorpresa?» le chiese Emily.

Mary scrollò le spalle. «Non lo so. Voglio dire, immagino sia perché lui è il comandante. Mi è sempre sembrato così rigido. Così freddo.»

«Non è freddo» disse Macie, stupita che qualcuno potesse pensare che Colt fosse rigido. «È meraviglioso. Paziente e gentile. Non farebbe mai del male a una mosca.» Si pentì delle sue parole quando quattro paia di occhi la fissarono sbalorditi. «Che c'è? *Non* è vero che è gentile?» domandò calma.

«Annie, vuoi andare a giocare?» le chiese sua madre. «C'è un parco giochi proprio dall'altra parte della strada.»

«Sì!» gridò la bambina, poi si fece seria. «Ma non parlate di cose importanti, non voglio perdermi niente.»

Macie si sforzò di sorridere e strinse di nuovo la mano di Annie. «Non lo faremo.»

«Rimani nel parco giochi, ti guarderò da qui. Se ti allontani, ti toglierò la corsa a ostacoli per un mese» la avvertì.

Annie scattò sull'attenti e lasciò cadere la mano di Macie mentre faceva il saluto militare a sua madre. «Non lo farò, mamma. Promesso. Ciao!» Corse alla porta d'ingresso e scomparve. Tutte osservarono quando, pochi secondi dopo, correva nel parco e iniziava subito a giocare con un gruppo di maschietti.

«È troppo dipendente da quel percorso a ostacoli» disse Mary in tono ironico.

«Lo so, ma impedirglielo è una punizione efficace, quindi non mi lamento» ribatté Emily con un sorriso.

«Percorso a ostacoli?» chiese Macie.

«I ragazzi al lavoro hanno un percorso che usano come allenamento. Un giorno Fletch ha portato Annie e, basta, non voleva fare nient'altro. Ed è anche brava. Veloce.»

Macie al matrimonio aveva incontrato Fletch e gli altri uomini che lavoravano con Ford e le era piaciuto quanto fossero protettivi e amorevoli con le loro mogli. Era in parte il motivo per cui aveva avuto un attacco d'ansia così grave al ricevimento. Voleva la stessa cosa e sapeva di essere troppo "danneggiata" per avere un uomo così. Un uomo che potesse sopportare le sue crisi d'ansia e le sue insicurezze, a tempo indeterminato.

«Sediamoci» disse Rayne, indicando i divani.

Macie sapeva che avrebbe dovuto offrire a tutte qualcosa da bere, ma non riusciva a ricordare cosa ci fosse nel frigorifero di Colt. E se avesse offerto bibite o succo di frutta e in casa non ce ne fossero stati? Avrebbe dovuto proporsi di vedere se c'era della birra o del vino? Si stava stressando troppo, così rimase in silenzio e si sedette con le altre.

Nessuno parlò per un momento e l'ansia di Macie aumentò. Avrebbe dovuto iniziare la conversazione, dire qualcosa... ma cosa? Non faceva parte della vita di quelle donne, anche se Ford *era* suo fratello.

«Cosa sai di Colt?» le chiese Mary all'improvviso, schietta come sempre.

Macie sbatté le palpebre. «Ehm... è il comandante di mio fratello. È anche a capo di un altro gruppo di soldati. Gestisce le cose da qui mentre loro sono in missione.» Detto ad alta voce suonava ridicolo, ma nessuno sembrò pensare che la sua spiegazione fosse strana o stupida.

«Giusto» disse. «Ma sai perché è stato scelto come loro comandante?»

Scosse la testa. «Perché era il più qualificato?»

Mary ridacchiò. «Puoi ben dirlo. Ascolta, il comandante piace a tutte, è un uomo straordinario e ha tenuto i nostri mariti al sicuro un numero incalcolabile di volte. Ma... non è esattamente... che parola hai usato... gentile?»

Macie fissò sua cognata. «Sì che lo è» ribatté.

Mary scosse la testa. «Sto cercando di metterti in

guardia. Si è guadagnato la reputazione di essere uno degli ufficiali più duri della base. Non gli piacciono le scuse e non gli piace che i suoi soldati siano in ritardo, e ho sentito che quando era in un'altra base si è rifiutato di mandare in permesso un soldato quando stava per nascere il suo bambino. Ho anche sentito che una volta lui...»

«No» la interruppe Macie con fermezza.

«No, cosa?»

«Apprezzo che tu stia cercando di proteggermi, ma non ce n'è bisogno» disse, cercando di avere un tono deciso. Sapeva che Mary aveva la tendenza a dire qualsiasi cosa stesse pensando, ma non voleva sentire pettegolezzi su Colt.

La voce di sua cognata si addolcì. «Non sto cercando di fare la stronza, lo giuro. Penso solo che tu abbia bisogno di sapere certe cose in modo da non avere aspettative che potrebbero non venire mai soddisfatte. Anche il comandante era un soldato della Delta Force, Macie. In realtà, ha lasciato il team dopo un incidente in cui uno dei suoi compagni di squadra è stato catturato. Una sera ho sentito Truck parlarne al telefono con Blade, ha detto che il comandante era impazzito, che ha ucciso quarantadue persone quel giorno.»

«Sei mai stata così preoccupata per qualcosa da non riuscire a respirare?» le chiese Macie inaspettatamente.

«Come scusa?»

«Sei mai stata in una stanza, avendo la certezza fin

nel profondo della tua anima, che *tutti* sparlassero di te alle tue spalle?»

«No ma...»

«So che ne hai passate tante, Mary. Lo *so*. C'è un detto che cerco di seguire nella vita: ogni persona che incontri sta combattendo una battaglia invisibile di cui non sai nulla quindi, dovresti essere sempre gentile. Penso che tu e io lo sappiamo più di chiunque altro in questa stanza. Se ti dicessi che Truck è uno stronzo, mi crederesti? Cambierebbe ciò che provi per lui?»

«Certo che no, e lo sai» rispose Mary.

«Esatto. Non posso pretendere di sapere come si sentisse Colt quando ha ucciso quelle persone. Immagino che fosse arrabbiato e spaventato per il suo amico, frustrato, e un centinaio di altre emozioni che non posso conoscere. Come ti sentiresti se fossi *tu* quel soldato catturato? Non vorresti che i tuoi commilitoni facessero tutto il necessario per arrivare a te? E se fosse Rayne, e qualcuno la tenesse in ostaggio? Non uccideresti quarantadue persone per raggiungerla?

La sera del tuo ricevimento di nozze è stata un inferno per me. Fingevo di essere felice ma ero triste e spaventata al pensiero che tutti mi stessero fissando, chiedendosi chi fossi e perché fossi lì. Colt è stato l'*unico* ad accorgersene. Ha capito che c'era qualcosa che non andava e mi ha portata via. Ha passato tutta la notte ad assicurarsi che stessi bene. Non mi ha fatto pressioni per fare sesso. In effetti, non c'è stato un momento in cui mi sia preoccupata che mi stesse aiutando per quello. Mi ha tenuta tra le braccia tutta la notte facendomi sentire al sicuro, anche se lottavo contro la mia testa, che mi faceva pensare cose che sapevo benissimo non fossero vere, riguardo a tutti quelli che mi fissavano al tuo ricevimento.

Non me ne frega niente di ciò che ha fatto in passato Colt, così come non mi interessa ciò che hai fatto *tu*. Nemmeno tu sei perfetta e quello che mi hai appena detto è stato scortese e antipatico, ma non ci darò peso perché voglio essere tua amica, sei sposata con mio fratello e credo davvero che stessi provando ad aiutarmi. Non mi aspetto che Colt sia una sorta di modello esemplare, ma il punto è che è gentile con me, ed è ciò che mi interessa. E si preoccupa tanto per gli uomini sotto il suo comando, incluso mio fratello, tuo marito. E quando ho chiamato la scorsa settimana, fuori di testa e spaventata perché quegli uomini avevano fatto irruzione nel mio appartamento, Colt è stato quello che mi ha fatto superare la situazione. Mi ha tenuta calma e fatto in modo che i tizi non mi trovassero. So *esattamente* chi è Colt Robinson, penso che sia tu quella che non lo sa.»

Il silenzio nella stanza dopo il suo sfogo era opprimente, ma Macie si rifiutò di distogliere lo sguardo dalla cognata. Ci volle tutta la sua forza di volontà ma riuscì a mantenere il contatto visivo con lei.

«Mi dispiace» mormorò Mary. «Dio, hai ragione. Sono stata inopportuna, ma in mia difesa voglio dire che lo stavo facendo perché ci tengo a te. Perché mi piaci.

Sto cercando di smettere di dire sempre ciò che penso, ma ovviamente ho fallito. Mi perdoni?»

«Certo che sì» la rassicurò Macie. L'ultima cosa che voleva era litigare con la moglie di suo fratello.

«Mi dispiace che non ti sia sentita a tuo agio al ricevimento» disse Casey. «È stato per qualcosa che ha detto qualcuno?»

Macie fece un respiro profondo. Avrebbe potuto confessare il suo problema o inventare una scusa per cancellare la preoccupazione dell'altra donna. Ma voleva delle amiche, voleva riuscire ad aprirsi con loro quando nella sua vita fosse successo qualcosa di bello *o* di brutto. Se avesse mentito ora, sarebbe stato quasi impossibile spiegarlo in seguito.

Prendendo una decisione all'istante, disse: «Soffro di ansia cronica. Prendo dei farmaci ma non sempre aiutano.» Mantenne la spiegazione semplice e trattenne il respiro per vedere la loro reazione.

«È terribile» dichiarò Casey.

«Wow, non riesco a immaginare quanto debba essere dura» commentò Rayne.

Ma fu Mary a sbalordirla. Si alzò dalla poltrona e si avvicinò a lei, le si inginocchiò davanti e le mise una mano sul ginocchio. «Mi dispiace» le disse. «Dovrei sapere meglio di chiunque altro di non fare supposizioni sulle persone e per la cronaca, sembra che tu abbia sempre tutto perfettamente sotto controllo. Sì, eri nervosa quel giorno in cui sei venuta alla banca, ma ho pensato che fosse perché non mi avevi mai incontrata.»

«Quella volta, dopo essere tornata a casa, ho preso una pillola che uso solo in situazioni estreme e ho dormito per dodici ore» ammise.

«Per quel che vale, ti ammiro» disse Mary. «Ne hai passate tante e non ti sei lasciata abbattere. Sei una donna molto forte.»

Macie la guardò a bocca aperta. Sapeva cos'avesse passato la cognata, non solo durante l'infanzia ma anche quando aveva combattuto contro il cancro al seno... due volte. Era impossibile che pensasse che *lei* fosse forte. La maggior parte dei giorni si sentiva un relitto.

«Ma ora posso vederlo, sei perfetta per il comandante.»

A quel commento le passarono per la mente mille pensieri; che era perfetta per Colt perché aveva bisogno che si prendesse cura di lei; che era troppo debole per cavarsela senza un uomo al suo fianco. Ma poi Mary continuò.

«Perché il tuo cuore è così grande che vedi il buono in chiunque e ti preoccupi delle cose perché ci tieni. Troppo. Penso che il colonnello ne abbia bisogno; ha bisogno di qualcuno che si prenda cura di lui nel modo in cui lo fa lui con tutti i soldati sotto il suo comando.»

Macie sbatté le palpebre. Mary aveva ragione per quanto riguardava Colt. Lavorava sodo, si preoccupava per i suoi uomini... e per le loro famiglie.

Ripensò all'ultima settimana, a quanto era stato felice quando lei aveva preparato la cena. Quando aveva fatto il bucato. Quando aveva cambiato le lenzuola in cui avevano dormito tutta la settimana. Aveva pensato che le fosse grato perché stava cercando di farla sentire meglio mentre viveva lì, ma si rese conto che probabilmente aveva sempre dovuto fare quelle cose da solo.

«Merda» disse Casey, asciugandosi le lacrime da sotto gli occhi. «Ragazze, mi state facendo piangere. Stronze.»

Mary sorrise a Macie, poi si voltò verso Casey. «Siamo noi. Il Team Stronze.»

Non riusciva a credere che sentirsi chiamare stronza da qualcuno potesse farla divertire. In passato, l'insinuazione l'avrebbe fatta finire a letto per qualche giorno, ma le sembrava un complimento essere paragonata a Mary che non si faceva mai mettere i piedi in testa da nessuno. Sua cognata le piaceva. Ford le aveva parlato molto del suo passato e l'aveva avvertita di non prendere sul personale ciò che diceva, che sua moglie era sfacciata ma solo per proteggersi. Allora aveva avuto senso, ma adesso ne aveva ancora di più.

Non era arrabbiata con Mary per aver detto quelle cose su Colt, aveva solo cercato di prendersi cura di lei. Ma il punto era che davvero non le importava di ciò che aveva fatto in passato. Non conosceva i dettagli di quello che era successo, ma si fidava di lui. Sapeva che non avrebbe fatto del male a nessuno se la situazione non lo avesse richiesto. E stranamente, le parole di Mary la portarono a sentirsi ancora più al sicuro con Colt; si sarebbe assicurato che il suo ex non si avvicinasse a lei. Su quello non aveva dubbi.

«Hanno trovato gli uomini che si sono introdotti in

casa tua o il tuo ex?» chiese Rayne, come se potesse leggerle nella mente.

«Non ancora. L'altro ieri Truck è andato a casa mia e si è accorto che c'era stato qualcuno. Non hanno distrutto niente, ma stavano sicuramente cercando quello che Teddy aveva nascosto. La polizia non ha trovato nulla nella stanza sicura dove secondo i tizi avrebbe dovuto trovarsi» le informò Macie, sentendosi già più a suo agio con loro di quanto non fosse stata con chiunque altro da molto tempo.

«Porca vacca!» esclamò Mary.

«Che fosse droga?» chiese Casey.

«È quello il problema, non lo so. I poliziotti, durante un altro sopralluogo, hanno portato a casa mia un cane antidroga e non ha trovato nulla. Si è soffermato in alcuni punti, ma l'addestratore pensa che fosse perché Teddy era stato lì e probabilmente l'aveva avuta addosso.» Macie odiava che potesse aver avuto degli stupefacenti quand'era stato a casa sua, ma cercava di non pensarci. Colt era stato di grande aiuto, ricordandole che non era *lei* quella che si drogava e che non sapeva cosa stesse facendo Teddy.

«Hai bisogno che andiamo a casa tua a pulire o a prenderti qualcosa?» le chiese Emily.

Macie la fissò incredula.

«Che c'è?» domandò quando non rispose alla sua domanda. «Non avrei dovuto chiederlo? Ti mette ansia quando le persone invadono i tuoi spazi?»

Macie scosse la testa. «No. Cioè, sì, ma non è quello... non mi conosci» sbottò, incespicando nelle parole.

Emily sorrise. «So che sei molto importante per il comandante. So che ha detto ai nostri uomini di chiederci di venire perché era preoccupato che tu fossi qui, quasi sempre da sola. So che ha detto a Fletch che non avrebbe lavorato questo fine settimana per passarlo con te. Magari non ti conosco ancora tanto bene, ma mi piacerebbe. Inoltre, andare a Lampasas mi permetterebbe di uscire di casa e avere un po' di pace e tranquillità. Amo i miei figli, ma mi sfiniscono.»

«Anch'io sarei felice di aiutare» aggiunse Casey.

«Pure noi» si unirono Mary e Rayne con un sorriso.

«Io... grazie» disse Macie. «Ma non ho bisogno di niente. Truck mi ha portato delle cose e Colt è andato lì l'altro ieri sera. Ha detto che voleva assicurarsi che il mio frigorifero fosse pulito, ma penso che sperasse di trovare uno degli uomini che si sono introdotti nel mio appartamento.»

«È proprio qualcosa che farebbe uno dei nostri uomini» affermò Casey con un sorriso.

Proprio in quel momento, Annie tornò in casa, era senza fiato e parlava a raffica. «Mamma! Ho trovato una nuova amica. Si chiama Sam, è il diminutivo di Samantha. Mi piace davvero tanto e le ho insegnato a giocare al soldato!»

Emily sorrise a sua figlia e guardò le altre donne come per dire "Visto? Estenuante."

«È fantastico, piccola. Ora, vai a lavarti le mani

prima di sporcare tutta la casa del comandante. Ho visto un bagno vicino alla cucina.»

Senza lamentarsi, Annie si voltò e andò a lavarsi.

Il resto del pomeriggio trascorse in relativa tranquillità. Macie fu sorpresa di sentirsi così a suo agio con le ragazze, ma di certo avere lì Annie aiutava. La sua presenza aveva impedito di parlare di qualsiasi cosa avrebbe potuto turbare la bambina. Avevano riso, spettegolato e parlato di com'era essere la moglie di un soldato.

Prima che se ne rendesse conto, erano già le quattro meno un quarto; la porta d'ingresso si aprì e Colt entrò in casa.

Macie alzò lo sguardo e gli sorrise. Lui la vide e andò dritto al suo fianco. Si chinò, la baciò sulla guancia e si raddrizzò. «Ehi.»

«Ciao» gli rispose.

«Sembra che ti stia divertendo» osservò.

Macie annuì.

«E sembra che tu non abbia iniziato a preparare qualcosa per cena?» Sollevò un sopracciglio, rendendo la dichiarazione una domanda.

Macie aggrottò la fronte. «No, non ci avevo ancora pensato. Comunque non ho problemi a preparare qualcosa. Pollo alla griglia? Hamburger?»

Sorrise e le accarezzò i capelli. «Ho davvero voglia di cinese. Posso andare a prenderlo. Non ho voluto portare niente a casa nel caso ti fossi impegnata a cucinare qualcosa.»

«Cinese va benissimo.»

Colt le sorrise. «Perfetto. Tu rimani a chiacchierare. Devo finire alcune cose nel mio ufficio al piano di sopra. Torno giù tra un po' e mi dirai cosa vuoi. Ok?»

«Va bene.»

Fu solo allora che si voltò e fece un cenno con la testa alle altre donne. «È un piacere vedervi» disse educatamente.

Mary stava fissando Colt come se non l'avesse mai visto prima. Casey, Emily e Rayne gli sorrisero e ricambiarono il saluto.

«Ciao» disse Annie con vivacità.

«Ehi, Annie. Come stai? Hai fatto pratica sul percorso a ostacoli per il prossimo concorso per bambini?»

«Sì!» gridò lei e annuì con la testa così forte che Macie pensò che le si sarebbe staccata dalle spalle. «Non vedo l'ora! L'ultima volta che l'ho fatto ho battuto il mio record di cinque secondi.»

Colt le si avvicinò e le mise una mano sulla spalla. «Non ho alcun dubbio che vincerai quel trofeo» le disse serio. «Penso che tu possa riuscire in tutto nella vita.»

«Voglio essere un medico» ribatté. «E aiutare i soldati quando vengono feriti in missione, in modo che possano tornare a casa dalle loro famiglie.»

Macie la fissò sorpresa. La maggior parte delle bambine di otto anni che aveva incontrato desideravano diventare ballerine o attrici. L'obiettivo di Annie era molto più specifico... e nobile.

«Chiunque si troverà nella tua unità sarà molto fortunato» dichiarò in tono solenne Colt. Poi si voltò, sorrise alle altre, strizzò l'occhio a Macie e andò di sopra nel suo ufficio.

«Porca miseria» sussurrò Casey.

«Ritiro tutto quello che ho detto» rifletté Mary scuotendo la testa.

«Aveva occhi solo per te» le disse Emily con un sorriso. «Potevamo benissimo non esistere per l'attenzione che ci ha prestato.»

«Non stava cercando di essere scortese» lo difese. «Voleva solo assicurarsi che stessi bene. Ero nervosa per oggi e lo sapeva.»

Mary scosse la testa. «Ti guarda come Truck guarda me. Come Beatle guarda Casey, Ghost guarda Rayne e Fletch guarda Emily.»

Macie avrebbe voluto protestare, negare le parole di Mary, ma non poteva. Aveva visto il modo in cui suo fratello guardava la moglie. Era stata al matrimonio e aveva notato come *tutti* gli uomini del team trattavano le loro donne. Era vero. Si era abituata a essere al centro dell'attenzione di Colt e convinta che fosse solo gentile, ma dentro di sé sapeva bene che non era solo quello. Avevano una connessione profonda.

Non rispose, si limitò a sorridere.

«Mamma, come ti guarda papà?» chiese Annie confusa, inclinando la testa.

Emily arruffò i capelli di sua figlia. «Come se fossi sua moglie, ovviamente.»

La bambina aggrottò la fronte. «Non capisco.»

«Lo capirai, piccola. Quando sarai più grande.»

Annie alzò gli occhi al cielo. «Dici sempre così.»

«Perché è vero.»

«Oh oh, mamma! Guarda! È l'ora della pappa di Ethan!» disse indicando la maglia di Emily.

C'erano due macchie bagnate sul davanti.

«Oh cavoli. Hai ragione.» Guardò il gruppo un po' a disagio. «Di solito mangia a quest'ora, e anche se ho tirato il latte» si indicò «il mio corpo è sincronizzato con lui.»

Risero tutte, ma Macie riuscì solo a guardarla con orrore, non perché il latte le aveva macchiato la maglia, ma perché se fosse stata al posto suo, si sarebbe sentita imbarazzata oltre ogni immaginazione. Non sarebbe mai più riuscita a guardare le altre. Non riusciva a capire come Emily non fosse del tutto mortificata.

«Probabilmente dovrei andare anch'io» disse Casey. «Ho dei compiti da valutare per domani.»

«E io voglio solo vedere mio marito» disse Mary con un sorrisetto.

Macie accompagnò le donne alla porta e salutò Casey, Mary e Rayne. Annie corse alla macchina per poterla avviare, sembrava fosse una delle sue cose preferite da fare.

Rimasero solo lei ed Emily sulla soglia, e Macie si sforzò di trovare qualcosa da dire e di non fissare le macchie bagnate sulla sua maglietta.

«Mi dispiace se ti ho messa in imbarazzo» disse Emily.

A quel punto, Macie sollevò lo sguardo. «Come scusa?»

«Si vede che sei a disagio. E mi dispiace.»

«È solo che... se fosse successo a me sarei morta di vergogna, avrei dovuto prendere una delle mie pillole forti e rintanarmi in una stanza buia con le cuffie per il resto della giornata.»

Emily ridacchiò. «Avere figli fa miracoli per quanto riguarda la tolleranza alle situazioni imbarazzanti. Annie ha l'abitudine di dire la cosa più sbagliata in assoluto proprio nei momenti peggiori, ed Ethan ha sempre fame. Se non gli do da mangiare nei tempi previsti, urla a squarciagola. Ho imparato che è più facile trovare un angolo e allattarlo piuttosto che cercare di calmarlo. E lascia che te lo dica, le persone *non* sono molto a loro agio con l'allattamento al seno in pubblico, e non è che tiri fuori la tetta o altro.» Emily scosse la testa. «Per qualche ragione con Annie ho avuto meno problemi che con Ethan. Ad ogni modo, volevo solo assicurarmi che stessi bene.»

«Sto bene, grazie» la rassicurò, e stranamente era vero. Il fatto che Emily non fosse sconvolta per ciò che le era successo contribuì molto a calmare la sua apprensione al riguardo. Era una cosa naturale, poteva succedere. «Grazie per essere venuta oggi. Mi sono divertita.»

«Sembri sorpresa» osservò.

Macie si strinse nelle spalle. «Ho sempre avuto difficoltà a farmi degli amici.»

«Non capisco il motivo. Sei simpatica, gentile e non hai paura di difendere il tuo uomo... che nella nostra cerchia vuol dire molto.»

Annie scelse quel momento per suonare il clacson un paio di volte.

Emily rise. «È il mio segnale. Grazie per averci ospitate.» Poi si sporse in avanti e le diede un rapido abbraccio stando attenta a non schiacciare il petto. «Dobbiamo farlo di nuovo, presto. Mi farò sentire. Ciao!»

Macie non ebbe modo di dire una parola che Emily era già a metà strada sul marciapiede gridando ad Annie di smetterla e di spostarsi sul sedile posteriore.

Due parole le rimasero impresse di tutto ciò che le aveva detto: "il tuo uomo."

Avrebbe voluto dire che Colt non era il suo uomo, che sarebbe rimasta con lui solo fino a quando non avesse pensato che fosse sicuro per lei tornare nel suo appartamento a Lampasas. Che si stava semplicemente occupando della sorella di uno dei suoi soldati.

Aveva paura di pensare a qualcosa di più, soprattutto perché gli aveva lasciato il suo numero dopo il matrimonio e lui non si era preso la briga di chiamarla.

Salutò Annie mentre Emily si allontanava, poi entrò in casa e chiuse la porta a chiave. Si voltò per tornare nell'altra stanza e gridò di sorpresa quando per poco non si scontrò con Colt.

«Tutto bene?» le chiese.

Lei annuì.

«No, Macie» insistette, mentre le metteva una mano sul lato del collo e si chinava. «Stai bene?»

Non poté fare a meno di sorridere. «Sì, sto bene» gli disse. «Davvero. Mi sono piaciute. Annie è spassosissima e mi ha fatto piacere conoscere di più le ragazze.»

«E Mary, si è comportata bene?»

Doveva aver esitato un momento di troppo, perché Colt sospirò e si scostò. Le prese la mano e la trascinò in soggiorno. Si sedette sul divano e la attirò sulle sue ginocchia. Le mise le braccia intorno alla vita e la strinse.

Macie lo fissò scioccata. Avevano dormito accoccolati ogni notte e Colt non esitava mai a toccarla, ad accarezzarle la guancia o i capelli, ma non l'aveva mai portata in giro per mano, almeno non dalla notte dell'irruzione, e non si sedeva sulle ginocchia di qualcuno da quando aveva cinque anni.

Non sapendo dove mettere le mani, le appoggiò goffamente sulle gambe.

«Cos'ha detto?» le chiese.

«Niente.»

«Mace» disse con più dolcezza. «So che ha detto qualcosa. Voglio dire, è Mary, non può farne a meno, fa parte del suo fascino.» Sorrise. «Ora dimmelo così posso rassicurarti, qualunque cosa sia, e poi andrò a comprare qualcosa per cena. Ho fame.»

Fu l'ultima dichiarazione che convinse Macie a

dirglielo. Aveva la sensazione che sarebbe rimasto seduto lì tutta la sera se non avesse parlato. Era davvero testardo, ma era uno dei tanti motivi per cui era pazza di lui.

Spingendo quei sentimenti in un angolo della mente, rifiutandosi di pensarci in quel momento, spiegò: «Sono sicura che stesse esagerando o che magari non conoscesse la verità.»

«Riguardo a cosa?»

Fece un respiro profondo. «Voleva solo assicurarsi che io sapessi a cosa stavo andando incontro, riguardo a ciò che sta succedendo tra noi. E mi ha detto che hai ucciso un gruppo di persone quando il tuo amico è stato catturato.»

Sentì i muscoli della coscia di Colt tendersi sotto il sedere e sembrò che all'improvviso l'aria nella stanza fosse densa di emozione.

Oh, merda. Perché aveva parlato? Avrebbe dovuto inventarsi qualcosa. Era così stupida! Ora le avrebbe detto che non poteva più restare a casa sua, che non poteva aiutarla.

Avrebbe dovuto tenere la bocca chiusa!

CAPITOLO CINQUE

Colt sentì Macie iniziare a tremare sulle sue ginocchia e si sforzò di rilassare i muscoli, ma ormai era troppo tardi. Lo capì perché lei aveva curvato le spalle ed evitava di guardarlo negli occhi.

Odiava fare qualcosa che le causasse ansia, quindi cercò subito di risolvere il problema. Le sue parole lo avevano sorpreso riportandogli alla mente i ricordi di quel giorno orribile, il giorno che aveva cambiato per sempre la sua vita.

Stringendola tra le braccia così che non potesse scappare, iniziò a parlare.

«Ho quarantatré anni. Sono stato nell'esercito per quasi tutta la mia vita adulta. Non ho idea di cosa farò quando alla fine mi costringeranno a ritirarmi. Non sono mai stato sposato. Non ho figli. Ho commesso la mia buona parte di errori nella vita e non ti mentirò,

Macie, ho ucciso delle persone. Molte. Ma se dovessi tornare indietro, lo rifarei. Ogni volta.»

Fece una pausa e prese un profondo respiro. Non era sicuro di poter rivivere ciò che era successo alla fine della sua carriera nella Delta Force.

Poi sentì Macie rilassarsi un po' contro di lui; posò la testa sulla sua spalla e gli mise le braccia intorno al collo. Gli bastò per dargli il coraggio di aprirsi con lei. Non lo stava respingendo. Era a conoscenza di cose fondamentali, eppure lo stava abbracciando.

«La mia squadra era stata mandata in una città ostile per incontrare chi pensavamo fossero fedeli sostenitori. Secondo le nostre informazioni volevano aiutarci a sconfiggere i talebani che presidiavano quella regione. In tutta onestà, stavamo perdendo la battaglia lì e avevamo bisogno di tutto l'aiuto possibile. I pezzi grossi pensavano che sarebbe stata una buona idea usare la forza locale per combattere. Così siamo entrati in quella città, ci sentivamo inquieti e ci muovevamo con cautela, ma ci era stato dato un ordine diretto e abbiamo dovuto farlo. Ero a capo della mia squadra e quindi mi trovavo davanti quando, dal nulla, ci è piombata addosso una granata a propulsione a razzo, che ha raso al suolo l'edificio dietro cui ci trovavamo. È crollato proprio sopra di noi.»

Macie inspirò profondamente ma non parlò. Colt poteva sentire le sue dita sulla nuca che gli accarezzavano i capelli corti. Chiuse gli occhi e si prese un minuto per apprezzare la sensazione di avere il suo corpo contro il proprio, di quanto fosse bello sentire le sue dita.

«Mi sono svegliato qualche tempo dopo, non sono sicuro di quanto ne fosse passato, ero completamente sepolto sotto le pietre e il cemento dell'edificio ma, per fortuna, non ero rimasto schiacciato grazie al modo in cui erano caduti i muri. Non so se ricordi che dopo l'undici settembre alcune persone furono trovate vive nella tromba delle scale di uno degli edifici crollati.»

Macie annuì, così Colt continuò.

«Sì, be', è successo anche a me. Ero relativamente illeso, solo dolorante e confuso e avevo un forte mal di testa. Ho spinto via le macerie da solo e sono strisciato fuori. Era quasi buio ma potevo ancora vedere bene tutto intorno a me. Due dei miei compagni di squadra erano morti con la testa schiacciata sotto le rovine. Un altro era stato trascinato fuori dai detriti e spogliato; Bud era nudo, aveva dei fori di proiettile in tutto il corpo e un'enorme pozza di sangue intorno a lui. A casa, aveva due figli e un altro in arrivo. Ho girato la testa per vomitare e ho incontrato gli occhi di un altro compagno di squadra: Randy. Era vivo. Giaceva tra le macerie dell'edificio, con le gambe e il bacino schiacciati sotto un enorme blocco di cemento.

Sono andato al suo fianco e mi ha raccontato cos'era successo al nostro ultimo compagno di squadra che non avevo ancora trovato. Randy aveva assistito a ciò che era successo a tutti, ma non aveva potuto fare niente per aiutare. Sapeva che stava morendo, lo sentiva. Ha detto che il sergente Griswald all'inizio aveva combattuto i ribelli, cercando di tenerli a bada. Aveva usato tutti i proiettili e stava cercando di ricaricare quando lo avevano sopraffatto. Bud, intrappolato anche lui sotto le macerie aveva sparato contro di loro, così lo avevano trascinato fuori e picchiato a sangue. Quando era quasi incosciente, lo avevano spogliato e poi avevano iniziato a sparare... solo per divertimento. Randy ha detto che sembrava che l'intera città fosse lì a guardare, a ridere, a partecipare. Donne, bambini, uomini, vecchi e giovani indistintamente. Dopo aver fatto fuori Bud, sono andati da Gris che era tenuto fermo da cinque ribelli.»

Colt sbuffò. «Ci sono voluti *cinque* di quei bastardi per contenerlo. Era forte come un bue e posso immaginare che fosse incazzatissimo. Comunque, gli hanno legato un pezzo di corda intorno al collo e lo hanno trascinato via. Ha detto che Gris era riuscito a mettere le mani sotto la corda, quindi non era stato strangolato durante il trascinamento, ma non sapeva dove l'avessero portato o cosa gli fosse successo.

Le ultime parole che mi ha detto Randy sono state di dire a sua moglie che l'amava e che era orgoglioso di essere suo marito. È morto nel mezzo di quella miserabile città del cazzo e non ho potuto fare niente. Nessun tipo di soccorso medico avrebbe rimesso insieme le sue gambe o fermato l'emorragia. Guardando i quattro uomini morti che mi circondavano, qualcosa scattò dentro di me. Ero *troppo* arrabbiato che quegli uomini –

i miei amici... mariti e padri, fratelli e figli – fossero morti.

Era completamente buio ormai, e ho cercato tra le macerie e raccolto più armi possibili e sono andato a caccia di Gris. Eravamo tutti addestrati a resistere alle torture e speravo che i bastardi non lo avessero ucciso come avevano fatto con Bud.

Ho fatto fuori ogni singola persona che ho incontrato durante la mia ricerca di Gris, alcune a mani nude, per non attirare l'attenzione su di me. Non ho dato loro nemmeno la possibilità di identificarsi. Randy aveva detto che tutta la città aveva partecipato alla morte dei miei compagni di squadra e che avevano riso mentre li uccidevano. Non ho mostrato pietà per nessuno di loro.

Quando ho trovato Gris, quasi non l'ho riconosciuto. Lo avevano spogliato come Bud e legato a un paletto sul versante opposto della città. Era a malapena cosciente, ma potevo dire anche guardandolo dal mio nascondiglio che stava ancora lottando per vivere. Avevo raccolto varie armi da fuoco dalle persone che avevo ucciso mentre attraversavo la città e avevo a disposizione un buon arsenale... compresa una granata a propulsione. Non ho esitato. Ho puntato quell'affare contro un gruppo che si trovava vicino a Gris e ho sparato. È stato stupido, avrei potuto uccidere anche lui.»

«Ma non è successo» disse Macie con assoluta certezza.

Colt sussultò, era così perso nei ricordi che aveva dimenticato dove si trovasse e che lei fosse lì.

«Per confermare quello che ti è stato detto, tesoro... sì, ho ucciso molte persone. Donne anziane, adolescenti, adulti. Non me ne pento e lo rifarei se mi ritrovassi nella stessa situazione.»

«E Gris?» gli chiese in tono sommesso.

«Cosa vuoi sapere?»

«È sopravvissuto?»

«Sì. Quando l'aria si è schiarita e dopo aver eliminato i ribelli rimasti che non erano fuggiti in seguito al lancio della granata, l'ho slegato da quel cazzo di palo e siamo scappati.»

«Devi esserne orgoglioso» gli disse.

«Sarò anche riuscito a portare a casa Gris, ma ho lasciato Randy, Bud e gli altri lì. Una regola che prendiamo molto seriamente è che non lasciamo mai nessuno indietro.»

Macie si raddrizzò e si voltò verso di lui. Gli prese il viso tra le mani e lo guardò negli occhi. «Non avresti potuto mettere voi due in salvo e prendere anche i loro corpi. Avrebbero capito, Colt. E ho la sensazione che, se erano come te o mio fratello, ti avrebbero preso a calci in culo anche solo per aver *pensato* di tornare a prenderli dopo aver salvato Gris.»

Aveva ragione. Randy era stato molto esplicito riguardo alla sicurezza e al non correre rischi stupidi. E Bud sarebbe stato del tutto tranquillo e rilassato; aveva ottenuto quel soprannome perché nel campo di addestramento, il sergente istruttore lo aveva accusato di essere strafatto perché non era mai turbato da nulla. Avrebbe scrollato le spalle dicendo che Colt aveva fatto ciò che era stato necessario per riportare Gris a casa.

Anche se sapeva che Macie aveva ragione, ciò non alleviava i sensi di colpa che ancora si portava dietro.

«So cosa significa sentirsi in colpa per qualcosa» gli disse dopo avergli appoggiato la testa sulla spalla.

Colt si riscosse subito dai suoi pensieri e si concentrò sulla donna seduta sulle sue ginocchia. Non era più rilassata tra le sue braccia, la sentì irrigidirsi mentre continuava a parlare.

«Mi sento in colpa per tantissime cose nella mia vita. Ho fatto davvero tanti errori, a cominciare dall'aver litigato con mio fratello prima che se ne andasse.»

«Eravate giovani, non puoi biasimarti per quello» le disse Colt. Portò una mano sulla sua schiena per accarezzargliela e le appoggiò l'altra sulla coscia, massaggiandogliela.

«Non mi sto biasimando, ma vorrei averlo ascoltato.»
Colt si bloccò.

«Il ragazzo con cui uscivo era un poco di buono, Ford lo sapeva, ma io pensavo che mi amasse. Credo di essermi aggrappata a lui, come sostituto dell'affetto che sapevo avrei perso quando mio fratello se ne fosse andato. Ma non era una brava persona. Mi ha convinta che mi amava e che saremmo stati insieme per sempre. Ero così giovane... pensavo che ci saremmo sposati. Mi sono lasciata convincere ad andare a letto con lui. E... sono rimasta incinta quando avevo quindici anni.»

Colt si costrinse a respirare, ma non la interruppe.

«Volevo così tanto quel bambino» disse Macie in tono sommesso. «Abbiamo iniziato a litigare di più e sospettavo che vedesse altre ragazze alle mie spalle, ma volevo tanto che le cose funzionassero tra di noi. Gli ho detto che ero incinta e, ovviamente, ha rotto con me. Ha detto che non era pronto per essere padre, ha preso e se n'è andato. Avevo il cuore spezzato, ma ero determinata a crescere il mio bambino da sola.»

Smise di parlare e Colt le diede qualche minuto per riprendersi prima di continuare, ma quando non lo fece, portò la mano dietro il suo collo e lo massaggiò. «Cos'è successo?» Era abbastanza sicuro che non avesse un bambino nascosto da qualche parte. Fece mentalmente i conti e pensò che suo figlio avrebbe avuto circa diciotto anni.

«I miei genitori mi hanno fatta abortire.»

Le sue parole uscirono piatte e furono ancora più strazianti a causa di quella mancanza di emozione.

«Mi dispiace tanto, tesoro.»

Si rannicchiò ancora di più contro di lui, sollevando le ginocchia. Colt la strinse nel suo abbraccio, cercando di farle sentire il suo sostegno.

«Hanno detto che sarei stata una madre orribile, mi hanno convinta che non sarei riuscita a mantenermi da sola, figuriamoci con un bambino. Mi hanno assicurato che non avrebbero badato a lui e che quindi avrei dovuto abbandonare la scuola. Mi hanno detto che ero una troia e non c'era da meravigliarsi che mio fratello se ne fosse andato e non mi avesse più parlato. Che non avevo buonsenso e che probabilmente il mio bambino sarebbe nato deformato o handicappato.»

«Stronzi!» Colt sbottò senza riuscire a trattenersi. «Macie, l'età non ha nulla a che vedere con il fatto che il tuo bambino nasca sano o meno. E posso garantirti che Truck non se n'è andato a causa tua.»

«Lo so... *adesso*. Ma allora no. Ho lasciato che mi convincessero che fosse la scelta giusta. Mi hanno portato in una clinica e si sono rifiutati di accompagnarmi alle visite successive. Quando l'ho abortita... ha fatto male, Colt. Non fisicamente, sono stata anestetizzata per quella parte della procedura, ma mi è sembrato che una parte di me mi venisse strappata via. Il dottore ha detto che lo stavo immaginando, che il feto era abbastanza piccolo da non sentire nulla, ma era come se fossimo stati connessi spiritualmente. Ho capito il momento in cui è morta.»

«Era una femmina?» chiese Colt, con le lacrime agli occhi mentre immaginava l'angoscia che aveva subito da adolescente, in un'età così vulnerabile.

«Già. Una figlia. Avrebbe diciotto anni, sul punto di diplomarsi al liceo e preparandosi per il college. Spesso mi chiedo che tipo di persona sarebbe oggi: una rompiscatole? Una che esce di nascosto ogni notte? Un'appassionata di matematica e scienze? Magari un'atleta o una cantante. Mi sento in colpa per aver ceduto così facilmente con i miei genitori. Avrei dovuto farmi valere, forse oggi mia figlia sarebbe viva e pronta a cambiare il mondo.»

«Ascoltami» disse Colt, voltandole il viso in modo da guardarla negli occhi. «Non hai niente di cui sentirti in colpa. *Niente*. I tuoi genitori dovrebbero farlo, hanno trattato te e Truck di merda per anni. Il fatto che ti facessero sentire responsabile della sua partenza per me è già sufficiente a farmeli odiare. Ma che ti abbiano fatto abortire quando non volevi, è imperdonabile.

Se ho imparato qualcosa nel corso degli anni, è che non possiamo tornare indietro. Non possiamo cambiare il passato, solo andare avanti. Fa schifo e non è giusto, ma è quello che è. Ti sei riavvicinata a tuo fratello adesso, e hai me. Non dovrai mai più parlare con gli stronzi che ti hanno messo al mondo. Hai un gruppo di uomini e donne che sono più che felici di essere tuoi amici.

Non dico che non ripenserò più a ciò che è successo ai miei compagni senza sperare che le cose fossero andate diversamente ma sto facendo del mio meglio per andare avanti, per essere il tipo d'uomo che avrebbero voluto a coprir loro le spalle, per essere il tipo di comandante che non manderebbe mai i suoi soldati in battaglia senza conoscere tutti i fatti. Tuo fratello e i due team che comando, non dovranno mai preoccuparsi di non avere tutte le informazioni necessarie prima di mettere a repentaglio le loro vite. *Non* li manderò in missione se non sono sicuro di sapere tutto ciò che serve dell'operazione. Randy e Bud non sono morti invano. Vivono in tuo fratello e in ogni singolo membro dei team Delta Force di cui sono responsabile.»

«Cos'è successo a Gris?» chiese Macie.

Colt sorrise per la prima volta da quelle che sembravano ore. «È stato congedato per ragioni mediche. Vive in una piccola città chiamata Stehekin, nello stato di Washington. L'unico modo per arrivarci è con un viaggio di quattro ore in traghetto sul Lago Chelan. Non hanno grandi supermercati, ci sono solo un centinaio di abitanti ed è sepolta sotto la neve sette mesi all'anno.»

«Sembra il paradiso» disse con un sorriso.

«Lo è, ci sono stato diverse volte» concordò Colt. «Lui e sua moglie hanno tre figli. Il maggiore si chiama Colt.»

Il sorriso di Macie si fece ancora più grande. «Mi piacerebbe incontrarlo prima o poi.»

«D'accordo. Ti porterò volentieri a Stehekin. D'estate però, non mi piace tutta quella neve.»

Lei ridacchiò e lui poté solo fissarla. C'era *riuscito*, Macie aveva appena finito di parlare della sua bambina morta ma era riuscito a farla ridere.

Colt non aveva mai creduto nel destino. Non era possibile che Randy, Bud e gli altri fossero destinati a morire in quel modo. Che Gris fosse destinato a essere torturato in quel modo. Ma seduto sul divano, con Macie rilassata tra le braccia, dovette ricredersi.

Aveva fatto cose spiacevoli nella vita e di sicuro non si meritava qualcuno come lei, eppure, eccola lì. I due nel corso degli anni avevano preso tantissime decisioni, e ne sarebbe bastata solo una a far sì che le loro strade non si incrociassero. Ma era successo.

Colt si spostò mettendosi con la schiena appoggiata al bracciolo del divano, si sistemò lei davanti semi distesa tra le sue gambe e accese il televisore. Si erano rivelati cose piuttosto pesanti, era il momento di riposare e semplicemente godersi il fatto di stare insieme.

Sentì Macie rilassarsi di più contro di lui e alla fine addormentarsi. Le accarezzò i capelli inspirandone il profumo di fiori e giurò tre cose: primo, se i suoi genitori si fossero fatti vivi si sarebbe assicurato che capissero che erano morti per lei e che se l'avessero contattata di nuovo se ne sarebbero pentiti. Secondo, non avrebbe permesso al suo ex ragazzo e ai suoi scagnozzi di toccarla; ne aveva già passate troppe. E terzo, che l'amava e avrebbe fatto tutto il necessario per renderla felice per il resto della sua vita. Era destino che fosse sua. Non aveva battuto ciglio quando le aveva raccontato del modo in cui aveva massacrato così tante persone per salvare un uomo. Non era inorridita, non aveva trovato scuse per il suo comportamento.

«Ti amo, Mace» disse in un sussurro appena percettibile.

«Mmmm» mormorò lei, rafforzando la presa sul braccio che era intorno al suo petto.

Colt sorrise e finalmente sentì alleviarsi il senso di colpa che si era portato dietro per così tanto tempo. Alzando gli occhi al soffitto, mormorò: *«Grazie, ragazzi.»*

CAPITOLO SEI

Macie alzò gli occhi dal computer sorpresa sentendo la porta del garage aprirsi. Guardando l'orologio vide che erano solo le due del pomeriggio. Colt non sarebbe dovuto tornare a casa per un'altra ora e mezza circa. Però non si era fatta prendere dal panico, perché se i teppisti che erano entrati nel suo appartamento avessero scoperto che si trovava lì, di certo non avrebbero aperto la porta del garage.

Grata per l'interruzione – le si incrociavano gli occhi dopo aver ripristinato il sito web di un'autrice che era stato infettato da dei malware – Macie salvò il lavoro sul computer e si alzò per accogliere Colt. Era venerdì pomeriggio e non vedeva l'ora che rimanesse a casa per due giorni interi. Provava un senso di stabilità quando c'era lui, come se avesse una sorta di campo di forza magico intorno a sé che impediva all'ansia di divampare.

Sentì la porta del garage chiudersi e poi lui entrò.

«Ciao.»

«Ehi, tesoro. Com'è andata la tua giornata?»

«Bene. La tua? Sei tornato presto.»

«Sì, ho pensato che avremmo potuto fare un viaggio questo fine settimana, se ne avessi avuto voglia.»

Macie si bloccò. Un viaggio? Insieme? Sarebbero stati nella stessa stanza d'albergo?

Era un pensiero stupido, dormivano insieme nel letto di Colt da quando si era trasferita. Non aveva niente a che fare con il sesso e con il passare dei giorni stava diventando sempre più insoddisfatta di quella situazione. Non sapeva come fargli capire che era pronta per qualcosa di più, ma non voleva fare nulla che potesse cambiare la piacevole relazione che avevano. E se lei avesse fatto la prima mossa e lui non lo avesse voluto, si sarebbe sentita in imbarazzo e avrebbe dovuto tornare nel suo appartamento.

Come se potesse percepire il suo tumulto interiore, Colt si avvicinò a lei. Macie adorava vederlo nella sua uniforme, era sicuro di sé e forte, cose che erano l'esatto contrario di come si sentiva lei la maggior parte del tempo.

«Se preferisci, possiamo restare qui come abbiamo fatto lo scorso fine settimana» la rassicurò, mentre le sistemava con dolcezza una ciocca di capelli dietro l'orecchio. «Ho solo pensato che avrebbe potuto piacerti un cambiamento. Sei rimasta chiusa qui praticamente da quando ti sei trasferita.»

«Mi piace la tua casa.»

«Lo so, tesoro. E mi piaci qui in casa mia, ma vorrei che andassimo via per un fine settimana. Il detective di Lampasas non ha ancora trovato Teddy, anche se dopo che si sono introdotti di nuovo nel tuo appartamento hanno intensificato le ricerche. Ho prenotato una stanza al Four Seasons di Austin. L'ho richiesta con vista sul lago Lady Bird e il ponte di Congress Avenue, così da poter vedere le colonie di pipistrelli che al tramonto volano in cerca di cibo.»

Macie aveva sentito parlare dei famosi pipistrelli di Austin. Si diceva che sotto il ponte ne vivessero oltre un milione e uscissero ogni sera al tramonto per nutrirsi. Le sarebbe piaciuto vedere quel fenomeno, ma non era mai riuscita a trovare il tempo.

Colt proseguì. «C'è un acquario che potremmo visitare, oppure si potrebbe fare un giro in centro città. La Sesta Strada è sempre una buona opzione. Ogni fine settimana fanno una grande festa tra quartieri, completa di band dal vivo, ma non ero sicuro che fosse una cosa che ti sarebbe potuta piacere. I negozi laggiù sono piuttosto eclettici e potremmo girovagare durante il giorno se lo desideri. Il punto è che voglio solo passare del tempo con te, Macie. Solo noi due, per continuare a conoscerti e per divertirci un po'.»

Lei fece un respiro profondo e annuì. «Mi piacerebbe.»

«Ma?» le chiese.

Fece un piccolo sorriso e scosse la testa. «Come riesci a capirmi così bene?»

«Perché faccio attenzione. Quale parte del mio piano non ti piace? Niente è definitivo, possiamo cambiare le cose come preferisci.»

«C'è un negozio chiamato *Uncommon Objects* ad Austin, me ne ha parlato una delle autrici per cui lavoro. È un negozio di antiquariato, ma a quanto pare è molto di più, hanno tutti i generi di cose, ma quello su cui mi piacerebbe davvero mettere le mani sono le foto antiche. Foto reali di persone vere. Ricordi persi da chi li ha vissuti, posso solo immaginare le storie che mi passeranno per la testa quando le vedrò.»

Colt le stava sorridendo e aveva uno sguardo negli occhi che non riuscì a interpretare. «Certo che possiamo andarci.»

«E c'è un ristorante chiamato *Bacon* che mi piacerebbe provare. Ho visto la replica di un episodio di *Food Paradise* su Travel Channel che lo presentava. Cuociono la pancetta con tutti i tipi di aromi. Penso che sarebbe divertente andarci.»

Lo sguardo indulgente non aveva abbandonato il viso di Colt. «Ci sono stato. E hai ragione, il cibo è fantastico. Ma tesoro, ho una brutta notizia.»

«Quale?» gli domandò.

«Hanno chiuso.»

«Sul serio?»

«Sì. Un paio di anni fa. Credo si trovasse in una strada che si allagava spesso e si siano stancati. Dovevano aprire in un'altra zona, ma non ho sentito se lo hanno fatto o meno.»

«Be', dannazione» disse Macie.

«Ti preparo io la pancetta se vuoi» si offrì.

«Non sarebbe la stessa cosa» borbottò imbronciata.

Colt ridacchiò. «È vero. Mentre siamo lì, vediamo se riusciamo a trovare un altro posto che cucina pancetta speciale. Che ne dici? La città è famosa per i suoi ristoranti eclettici a gestione indipendente.»

«Va bene.»

«Allora verrai con me?»

Macie lo guardò e disse seria: «Credo che andrei ovunque con te.»

«Non riusciremo ad arrivare lì in tempo per vedere i pipistrelli stasera, e immagino comunque che saremo entrambi stanchi, quindi ho pensato che potremmo ordinare il servizio in camera.»

«Mi sembra perfetto. Colt?»

«Sì, Mace?»

«Apprezzo tutto quello che hai fatto per me. Voglio dire, so di essere la sorella di Ford e lui è uno dei soldati sotto il tuo comando, ma lo apprezzo lo stesso.»

Colt sembrava confuso. «Sai che non ti sto aiutando solo perché sei la sorella di Truck, vero?»

Macie percepì l'incredulità nella sua voce e iniziò a sentirsi nervosa come non era mai successo vicino a lui da quando si era trasferita. «Be', sì, perché sarebbe una pazzia. Voglio dire, non è che puoi trasferire i *fratelli* di tutti in casa tua se avessero bisogno di aiuto. Ma capisco che il fatto che tu fossi con Ford quando l'ho chiamato quella sera e il mio rifiuto di andare a stare a casa sua con lui e Mary, ti abbiano messo in una situazione strana. Tutto ciò che voglio dire è che te ne sono grata.»

Non riuscì a interpretare l'espressione sul suo viso e Macie iniziò a spaventarsi. Era chiaro che avesse detto *di nuovo* la cosa sbagliata, ma non sapeva come rimediare. Così cercò di riempire quel silenzio imbarazzante.

«Voglio dire, non è che non siamo amici, perché penso che lo siamo. Mi piaci e credo di piacerti anch'io, ma quando non mi hai chiamata dopo il matrimonio di mio fratello ho capito quale fosse la natura del nostro rapporto, e mi va bene.»

«Quando non ti ho chiamata?» chiese Colt, rompendo il suo strano silenzio. «Mace, non avevo il tuo numero, avrei potuto chiedere a Truck ma non sapevo se era ciò che desideravi. Inoltre, non volevo che ti sentissi imbarazzata per quello che era successo quella notte... io di sicuro non lo ero. Mi è piaciuto molto parlare con te. Conoscerti. Ma non ti avrei costretta ad uscire con me se non avessi voluto.»

Macie si fece coraggio e disse: «Ho lasciato il mio numero. Su un biglietto.»

Il suo sguardo confuso lasciò il posto a uno determinato. «Dove?»

«Dove cosa?»

«Dove hai lasciato il biglietto?»

La testa di Macie era in subbuglio. «Proprio accanto al tuo letto, così lo avresti visto una volta svegliato. Sul comodino.»

Senza dire nulla, Colt le prese la mano, si voltò e la

trascinò dietro di sé mentre saliva le scale verso la sua camera da letto. Macie non protestò, era troppo turbata per il modo in cui si stava comportando.

Quando entrarono nella sua stanza, si girò verso di lei e disse: «Mostrami dove.»

Indicò il comodino accanto al letto, il bloc-notes che aveva usato quella notte era ancora lì, insieme a una penna.

Colt guardò il comodino, poi lei, poi di nuovo il mobile.

Proprio quando Macie stava per perdere la testa, le disse: «Non c'era niente, Mace. E credimi, ho guardato. Quando mi sono svegliato e non ti ho trovata accanto a me, ero dispiaciuto. Non vedevo l'ora di fare colazione con te, di parlare ancora. Mi sono vestito e sono sceso per vedere se avevi lasciato un biglietto lì, sono rimasto deluso non trovando nulla. Ho pensato che forse non avessi percepito la stessa connessione tra noi che avevo sentito io.»

«Ma *l'ho* scritto» insistette Macie. «È stato difficile per me lasciare quel biglietto perché temevo che fossi solo stato gentile. Che non dicessi sul serio quando mi avevi chiesto se volevo pranzare con te. Ma mi piacevi, quindi ti ho lasciato il mio numero e tu non hai chiamato.»

Colt si strofinò la mano libera sul viso. «Dio, che casino» mormorò, lasciandola andare per avvicinarsi al letto. Si mise in ginocchio e guardò sotto. Macie non sapeva cosa stesse facendo.

Poi allungò la mano sotto la rete, tirò fuori un foglio di carta bianco e lo sollevò.

Lei trattenne il respiro. Il biglietto era sporco di polvere, dimostrando che era lì sotto da un bel po'.

Non aveva mentito; davvero *non* lo aveva visto.

Si alzò e tornò da lei, tenendo il biglietto tra loro. Macie abbassò lo sguardo e vide la propria calligrafia sul pezzo di carta.

Colt. Grazie per la scorsa notte. Se eri sincero riguardo al voler pranzare insieme qualche volta, mi farebbe piacere. - Macie

Il suo numero era scritto in modo chiaro sotto la breve nota. Deglutendo a fatica, guardò Colt.

«Maledizione» disse lui in tono sommesso. «Non posso credere di non averlo trovato prima. Ho perso così tanto tempo.»

Macie non sapeva cosa dire.

«Ricordo di aver chiuso la porta della camera da letto più forte di quanto avrei voluto quella mattina, facendola sbattere, e di aver pensato a quanto fossi felice di non vivere in un appartamento» rifletté Colt. «Scommetto che è volato via in quel momento. Avrei potuto essere con te per tutto quel tempo e invece ho fatto un casino.»

Macie era dispiaciuta che si prendesse la colpa. «Non

avrei dovuto strapparlo dal blocco» si scusò. «Non stavo pensando chiaramente.»

«No» disse subito, scuotendo la testa. «Non è colpa tua. È mia. Avrei dovuto comportarmi da uomo e chiedere a Truck il tuo numero. Merda.» Colt soffiò via la polvere e andò al comodino. Posò il biglietto, assicurandosi di metterci sopra la penna in modo che non volasse via di nuovo, poi tornò da Macie.

Le prese entrambe le mani nelle sue e la guardò. «Avrei chiamato quel giorno se lo avessi trovato, Mace. Ti avrei detto che ho passato una notte meravigliosa con te, anche se non era iniziata nelle migliori circostanze. Ti avrei invitata a pranzo, poi ti avrei proposto di venire a cena con me, e dopo averti accompagnata a casa ti avrei chiesto il permesso di baciarti. Ti avrei mandato messaggi ininterrottamente e chiamato quando tornavo a casa dal lavoro, solo per sentire la tua voce. Ti avrei fatto dei regalini in modo che non ti dimenticassi di me. Avremmo potuto guardare film nel tuo appartamento o qui a casa mia. Avremmo riso insieme, e sarei stato lì per te se avessi avuto un attacco d'ansia. Mi dispiace così tanto di non aver visto il tuo biglietto. Mi dispiace *davvero* tanto.»

Il cuore di Macie batteva all'impazzata, anche se in quel caso non era una brutta sensazione. «Possiamo ancora farle tutte quelle cose» ebbe il coraggio di dire. «È passato solo un mese e mezzo da quando ci siamo conosciuti.»

«*Voglio* farle» concordò subito Colt. «E anche altro.

Ma odio comunque aver perso tutto questo tempo in cui avremmo potuto stare insieme.»

Dispiaciuta per l'espressione di rimpianto sul suo viso, Macie gli mise una mano sul collo, e accarezzandogli con il pollice la mascella scolpita, disse: «Chiedimi il permesso di baciarmi, Colt.»

E a quel punto, il rimpianto svanì dal suo viso sostituito dal desiderio. «Posso baciarti, Mercedes Laughlin?»

«Sì, ti prego» rispose.

Macie pensò che avrebbe subito premuto le labbra sulle sue, ma la sorprese chinandosi e posandole sulla fronte, si spostò sulla guancia destra e sulla sinistra. Poi le prese la mano e ne baciò il palmo, la lasciò cadere e portò le proprie sul suo collo, accarezzandole la mascella con i pollici proprio come aveva fatto lei.

«In qualche modo all'inizio siamo riusciti a incasinare le cose, vero?» sussurrò. «Ma per quanto rimpianga di non aver trovato il tuo biglietto e di averti causato anche solo un secondo di preoccupazione riguardo al motivo per cui non ti avevo chiamata, mi piace che ora tu viva a casa mia e dorma nel mio letto, tra le mie braccia. Non ti ho fatto pressioni perché l'ultima cosa che voglio è metterti fretta...»

«Fallo pure» disse Macie, interrompendo qualunque cosa stesse per dire.

Lui scosse la testa. «No. Mi rifiuto di fare le cose di fretta. Abbiamo solo un primo bacio, solo una prima volta. Mi piace provare questo senso di trepidazione, sentire di nuovo dentro di me quell'esaltazione. È così anche per te, non è vero? Lo senti anche tu?»

Macie si leccò le labbra e adorò vedere come il suo sguardo si spostò subito sulla sua bocca. «Sì, Colt. Lo sento anch'io.»

Quasi con riverenza, le fece scorrere il pollice sulle labbra, poi quei bellissimi occhi grigi incontrarono i suoi mentre abbassava la testa.

Macie li chiuse e attese.

Le sue labbra calde le sfiorarono la bocca, piano, con dolcezza.

«Il paradiso» lo sentì sussurrare prima di premerle più forte sulle sue, usando la lingua come per chiedere il permesso di entrare. Macie glielo concesse, aprì la bocca e si baciarono.

Si baciarono *davvero*.

Non era la prima volta che Macie baciava qualcuno, ma non c'era confronto a come si sentisse tra le braccia di Colt. Le sue mani le tenevano ferma la testa mentre la divorava. Con un gemito si afferrò alla giacca dell'uniforme mentre prendeva tutto ciò che le offriva. Era bellissimo e carnale allo stesso tempo, e la cosa migliore era che non provava un minimo d'ansia. Di solito, quando era con un uomo, si preoccupava di dove mettere le mani, di avere l'alito cattivo, se lui se lo stava godendo... ma con Colt dimenticò tutto il resto.

Riusciva solo a pensare a lui e a come la faceva sentire. Nient'altro importava. Non esisteva nessun altro nella loro piccola bolla.

Alla fine, il bacio si addolcì, divenne meno appassionato. Meno disperato. Colt finì con piccoli bacetti e poi appoggiò la fronte contro la sua.

«Wow» sussurrò Macie.

«Wow, davvero» fece eco Colt con un sorriso.

«Devi sapere una cosa» gli disse.

Si tirò indietro e la studiò, osservò i suoi occhi, la bocca, il lieve rossore sulle guance, poi tornò agli occhi. «Sì? E cosa?»

«Non avrei mai lasciato che mi baciassi in questo modo un mese fa» gli disse con sincerità. «E per quanto odi che ci sia stato un malinteso tra di noi, questo bacio ha ripagato.»

Lui sorrise. «È così, vero?»

Macie annuì.

«Per la cronaca» aggiunse lui «ricorderò sempre il nostro primo bacio come uno dei momenti più emozionanti ed eccitanti della mia vita.»

«Colt» sussurrò, sentendosi sopraffatta. Aveva l'abilità di dire sempre la cosa perfetta nel momento perfetto.

«Fai la valigia» ordinò, passandole il dorso di una mano sulla guancia prima di allontanarsi. «Mi cambio e ci vediamo al piano di sotto. Partiremo appena sarai pronta.»

Lei annuì. All'improvviso il weekend sembrò ancora più emozionante di prima. Era già stata ad Austin, ma vederla con Colt in un certo senso sembrava più speciale.

Macie andò alla porta della camera. Anche se era stata in quel letto ogni notte, le sue cose erano nella stanza degli ospiti, dove lui aveva messo le sue valigie quando l'aveva portata lì.

Si voltò indietro prima di uscire e lo vide far scorrere un dito sul biglietto sul comodino.

Colt alzò lo sguardo e la sorprese a fissarlo. «Se le cose andranno come spero, lo farò incorniciare così non andrà più perso.»

La gola di Macie si chiuse per la gioia e non riuscì a dire una parola. Gli sorrise semplicemente e si voltò per andare a fare i bagagli.

CAPITOLO SETTE

Colt tenne aperta la porta dell'hotel per far passare Macie e la seguì all'interno; aveva prenotato una suite sul lato del fiume per poter osservare i pipistrelli. La giornata era stata divertente. Non riusciva a ricordare l'ultima volta che aveva riso così tanto. In qualità di comandante di due team della Delta Force, non era noto per essere l'uomo più gioviale del mondo, ma passare del tempo con Macie lo aveva fatto rilassare e si era goduto la giornata.

Erano arrivati il venerdì sera e avevano ordinato il servizio in camera come programmato. Poi si erano rilassati sul letto a guardare un film sulla pay-per-view. Macie si era addormentata a metà della visione e poi svegliata un attimo quando l'aveva presa tra le braccia per dormire anche lui.

«Mi sono persa il film» aveva mormorato.

«Sì. Shhhh, dormi» le aveva ordinato Colt, e lei aveva

subito chiuso gli occhi rilassandosi di nuovo contro di lui.

La mattina seguente si erano alzati presto per fare una passeggiata intorno al lago. Avevano fatto colazione ed erano andati al negozio di antiquariato che era curiosa di visitare e vi avevano trascorso diverse ore. Macie aveva comprato una busta piena di vecchie foto e dei soprammobili. Avevano trovato un posto eclettico dove pranzare, poi si erano goduti il resto del pomeriggio girovagando per la Sesta Strada. Colt amava guardare i suoi occhi illuminarsi quando vedeva qualcosa che la interessava. Non aveva comprato molte cose, si era semplicemente accontentata di apprezzare l'atmosfera dei negozi stravaganti e i proprietari.

Erano tornati in hotel in tempo per guardare i pipistrelli emergere da sotto il ponte in cerca del loro pasto serale. Colt era scoppiato a ridere quando Macie aveva strillato e affermato di essere contenta di trovarsi all'interno, dietro a una finestra, perché non le sarebbe assolutamente piaciuto stare vicino a quegli animali mentre volavano via.

Avevano cenato nel ristorante dell'hotel e ora erano tornati nella stanza. Si erano tenuti per mano e toccati tutto il giorno. Colt era persino riuscito a rubarle qualche bacio qua e là.

L'intera giornata era stata in preparazione a quel momento, almeno agli occhi di Colt, una sorta di ore di preliminari ed era stato eccitante più che frustrante. Non provava una smania così intensa di stare con una donna da tempo immemore. Ne aveva frequentata qualcuna, ma dopo quell'incidente oltreoceano, aveva perso il desiderio per qualsiasi tipo di relazione e si era concentrato sull'essere il miglior comandante possibile per proteggere gli uomini che servivano sotto di lui.

Fino a quel momento.

Fino a Macie.

«Oggi è stato fantastico» disse lei in tono calmo. Erano seduti sul divano della spaziosa suite, a bere un bicchiere di vino.

«Sì, è vero» concordò Colt. Gli aveva appoggiato una mano sulla coscia e lui la coprì con la propria.

Lo fissò a lungo prima di sporgersi in avanti e appoggiare il bicchiere sul tavolino davanti a loro. Poi prese il suo e lo posò accanto all'altro. Colt la guardò fare un respiro profondo prima di parlare.

«Non ero così rilassata da moltissimo tempo, ed è tutto grazie a te. Di solito, quando sono in una città che non conosco, vado in agitazione al pensiero dei piani per l'intera giornata, alle strade da percorrere e a chi è intorno a me ma con te, non ho dovuto fare niente di tutto questo, mi sono fidata che sapessi dove andare e cosa farci fare. È stato bello. Mi piace stare con te, Colt. Ho una domanda e spero che risponderai onestamente.»

«Certo che sì» rispose subito.

«Ti preoccupa la nostra differenza d'età o il fatto che sono la sorella di Ford? So che ti ha dato del filo da torcere per la notte del suo matrimonio. Non gli avevo raccontato niente perché pensavo mi vedessi solo come un'amica, ma ora che le cose vanno... meglio tra noi, non posso fare a meno di pensare che ho dieci anni meno di te.»

«Non mi preoccupa minimamente» le assicurò Colt. «In effetti, non ci avevo nemmeno pensato finché non l'hai tirato fuori. A *te* crea problemi?»

«No» rispose subito. «Ma non voglio che ti metta nei guai o che qualcuno al lavoro dica qualcosa perché io ho solo trentatré anni e tu quarantatré.»

«Ascolta» le disse con un'espressione seria. «Siamo entrambi adulti. Mi piaci e io piaccio a te. Non me ne frega niente di quello che possono dire gli altri ma se a te *importa*, farò del mio meglio per bloccare sul nascere quelle chiacchiere se dovessi sentirle. Ciò che accade tra di noi rimane *solo* tra noi. Non sono affari di nessun altro. E io e Truck ne abbiamo parlato. Ti vuole bene, Mace. In tutti questi anni, anche se non eravate in contatto, lui ti pensava e si preoccupava per te. Devo ammettere che non è stato proprio entusiasta che fossi io, ma non gli andrebbe comunque bene *nessuno*, semplicemente perché sei la sua sorellina.»

«Ok.»

«Sicura?»

«Sì.»

«Bene.»

«Allora, ehm... un'altra cosa» sussurrò Macie.

«Dimmi pure.»

«Mi bacerai di nuovo?»

Colt sorrise. «Assolutamente sì.»

Si chinò e si impossessò delle sue labbra, felice che fossero soli e di non doversi preoccupare che qualcuno li guardasse e dicesse qualcosa che l'avrebbe messa a disagio – o notasse il suo cazzo duro.

La mise a cavalcioni su di lui e si assicurò che lei sapesse che era coinvolto al cento per cento, che non gli importava della loro età o di quello che pensava suo fratello o di qualsiasi altra cosa che secondo lei poteva essere un ostacolo alla loro relazione.

Erano entrati subito in sintonia la notte del matrimonio di Truck e Mary, ma quando lei aveva chiamato spaventata a morte e lui era stato in grado di aiutarla a concentrarsi e a trovare un posto dove nascondersi, era successo qualcosa di più profondo tra loro. Qualcosa a un livello più primordiale.

Era sua. Sua da proteggere. Sua da confortare. Sua da rendere felice. Sperava che in futuro lei lo avrebbe visto allo stesso modo... be', almeno come qualcuno su cui potersi appoggiare e fare affidamento. Ma il soldato in lui, l'uomo, la desiderava come non aveva mai desiderato nessuno prima.

In men che non si dica Macie stava strofinando la fica contro il suo cazzo e lui la teneva per i fianchi, aiutandola a strusciarsi mentre si baciavano. Gli aveva sollevato la maglietta e gli stava accarezzando la pancia e il petto. Non era affatto esitante e Colt lo adorava.

Si staccò dalle sue labbra il tempo sufficiente per assicurarsi che lei fosse d'accordo con ciò che stavano facendo.

«Sei sicura?» Riuscì a malapena a pronunciare le parole.

«Sicura di voler fare sesso? Sì! Ti prego.»

Sorrise alla sua risposta entusiasta e gemette quando lei si chinò in avanti e strofinò il naso nel punto tra la sua spalla e il collo.

«Anticoncezionale?» s'informò, volendo assicurarsi di avere tutto sotto controllo prima che le cose andassero troppo oltre. Non l'aveva vista prendere alcuna pillola, ma ciò non significava che non usasse un altro tipo di contraccettivo.

Lei si bloccò e si raddrizzò. Colt sentì il calore tra le gambe di Macie e fantasticò di farlo di nuovo, ma mentre erano nudi.

«Io... non prendo niente» disse dopo un attimo.

«Ho i preservativi» la rassicurò subito. «Sono pulito e non sono stato con nessuna da più di un anno, ma ti proteggerò, non dubitarne.»

«Anch'io sono pulita» mormorò, arrossendo. «Non sono andata a letto con Teddy, quindi non devi preoccuparti.»

«Non ero preoccupato» affermò Colt, anche se era una piccola bugia. Non era preoccupato per se stesso quanto per lei. Era chiaro che Teddy non fosse un brav'uomo e qualsiasi cosa le avesse detto sulla sua vita sessuale probabilmente era falsa quindi, per il suo bene, era contento che non fosse arrivata a quel punto con lui.

«Saranno più o meno quattro anni» sbottò Macie. «È solo che... frequentare qualcuno è difficile quando soffri d'ansia e fare sesso lo è ancora di più, così ho smesso di fare entrambe le cose. Avevo il mio vibratore, quindi...» Si interruppe con un gemito e si portò una mano sul viso. «Oh, cavoli. Fai finta che non l'abbia detto.»

Il pensiero che si masturbasse gli piaceva, ma non volendo metterla in imbarazzo, lasciò perdere. «Sei preoccupata che succeda anche a noi?» le chiese. «Perché possiamo aspettare. Possiamo continuare solo con quello che abbiamo fatto finora. L'ultima cosa che voglio è essere la fonte della tua ansia.»

Macie scosse la testa. «No!» praticamente gridò, poi le sue guance si fecero ancora più rosse. «Voglio dire, no, non mi sento così con te. Mi sembra giusto. Bello. Non voglio smettere.»

«Nemmeno io» la rassicurò Colt. «Ma se in qualsiasi momento hai bisogno di rallentare o fare una pausa, dimmelo. Non mi arrabbierò e non sarò deluso.»

«Non succederà, ma va bene.»

Le sorrise e le strinse di nuovo le mani sui fianchi. «Ora... dov'eravamo?»

«Stavi per portarmi nell'altra stanza per fare l'amore con me» disse Macie con un sorriso.

E con quello, Colt la aiutò a scendere dalle sue ginocchia e si alzò. Poi si chinò le mise un braccio dietro la schiena e uno sotto le ginocchia e la sollevò, trasportandola proprio come aveva fatto nel parcheggio del suo complesso di appartamenti. Entrò in camera e la mise sul letto rimanendo a fissarla per un lungo momento.

«Che c'è?»

«Sei bellissima» sussurrò con riverenza.

Lei scosse la testa.

«Lo sei» insistette Colt. «I tuoi capelli sono di una bellissima tonalità di castano che mi ricorda un purosangue. I tuoi occhi sono di un mogano intenso, e custodiscono così tanti segreti da farmi venir voglia di conoscerli tutti. Sei dell'altezza perfetta per me... né troppo bassa né troppo alta.»

«Sono troppo grassa.»

«No» replicò. «Sei perfetta. Fidati di me.»

Macie si morse il labbro e annuì.

Colt capì che non gli credeva davvero, ma avrebbe avuto tutto il tempo per assicurarsi che lei capisse che era sincero al cento per cento. Per ora, l'avrebbe distratta con il piacere.

Si tolse la maglietta e amò vedere gli occhi di Macie che non lasciavano il suo corpo. Volendo farla sentire a suo agio, si slacciò il bottone e la cerniera dei jeans e li sfilò piano dalle gambe. Si tolse i calzini e poi fu di fronte a lei senza nient'altro che gli slip, che non nascondevano in alcun modo il suo desiderio per lei; il suo cazzo fremeva per la donna di fronte a lui.

«Tocca a te» disse tranquillamente, senza muoversi verso di lei.

Macie lo guardò e, senza interrompere il contatto visivo, slacciò uno a uno i bottoni della camicetta azzurra. Colt abbassò lo sguardo quando lei se la scrollò di dosso per fissare la bellezza che stava pian piano mostrando.

I suoi seni erano ancora racchiusi nel reggiseno di pizzo che li metteva in evidenza piuttosto che nasconderli, e gli venne l'acquolina in bocca dal bisogno di succhiarli. Ad ogni respiro affannato che faceva, sembrava che stessero per saltare fuori dalle coppe.

Colt la osservò sbottonare rapidamente i jeans e sollevare i fianchi per spingerli verso il basso. Li calciò via e lui se ne accorse a malapena quando caddero sul pavimento vicino al letto. Era ipnotizzato dalla bellissima visione davanti a lui.

Le sue gambe sembravano lunghe chilometri, ma non riusciva a distogliere lo sguardo dal leggero triangolo di pizzo tra le sue cosce. Poteva praticamente sentire l'eccitazione di Macie e ciò aumentò di dieci volte quella di Colt.

Fece un passo verso il letto e ringraziò la sua buona stella che lei fosse sua. E se fosse dipeso da lui, non solo per quella sera. Per sempre.

Mise un ginocchio sul materasso e lei sorrise spostandosi per fargli spazio. Colt non esitò; si mise a cavalcioni su di lei e si abbassò tenendosi sui gomiti e sospirando estasiato mentre i loro corpi si toccavano. Il suo cazzo era duro, ma non aveva intenzione di nasconderle la sua reazione.

«Ehi» disse quando si trovarono faccia a faccia.

«Ciao» rispose lei con un piccolo sorriso.

Sentì le mani di Macie muoversi lungo i suoi fianchi e poi posarsi sulla schiena nuda.

«Sei pronta per questo? Per noi?»

«Mi sento come se lo avessi aspettato per tutta la vita.»

Era la risposta perfetta. Colt sorrise e la baciò e continuarono per diversi minuti, con baci pigri e lunghi movimenti della lingua, giocosi e rilassati. Poi il bacio cambiò, divenne più urgente e sentì le sue mani stringergli la schiena mentre si inarcava contro di lui.

Colt si staccò dalla sua bocca e scivolò giù, lungo il suo corpo. Mise la punta delle dita sul bordo delle coppe del reggiseno e sollevò gli occhi. «Posso?»

Macie annuì con entusiasmo.

Lentamente e con attenzione, le abbassò finché i suoi seni non saltarono fuori. Inspirò profondamente alla vista dei suoi piccoli capezzoli eretti. Era piuttosto prosperosa e vedere come fosse eccitata fece scattare qualcosa dentro di lui.

Non poteva più essere gentile.

Ce la stava mettendo tutta per essere un amante premuroso e andarci piano in modo da non spaventarla, ma nel momento in cui vide la prova della sua eccitazione, perse il controllo.

Colt prese in bocca un capezzolo come se contenesse l'elisir di lunga vita. Non lo leccò o stuzzicò, lo succhiò forte, spingendolo con la lingua fino al palato. Con la mano andò sull'altro e lo pizzicò, facendolo inturgidire di più.

Macie si dimenò, inarcò la schiena per spingersi di più contro di lui e gemette. Amando quanto fosse reattiva, Colt continuò l'assalto ai suoi seni. Non ne aveva mai abbastanza. Li strinse, unendoli, e alternò succhiando un capezzolo e poi l'altro.

«Toglilo» mormorò mentre la divorava.

«Che cosa?» chiese, stordita.

«Il reggiseno. Toglilo!» ordinò di nuovo.

«Oh!»

Così inarcò ancora di più la schiena – cosa di cui Colt approfittò – e portò la mano dietro per sganciarlo.

Nel momento in cui liberò i seni, lui li massaggiò e li strinse. «Cazzo, donna. Bellissima.» Colt era consapevole di non riuscire a esprimere frasi complete, ma in quel momento gli era impossibile.

Gli ci vollero diversi secondi per rendersi conto che Macie stava tentando di spingere le mutandine lungo le gambe. Avrebbe voluto fermarla e dirle che era al limite e che se le avesse tolte sarebbe esploso.

Ma poi lei lo guardò con le pupille dilatate per il desiderio e disse: «Ti voglio dentro di me.»

Quello bastò. Non avrebbe potuto negarle nulla. Era spacciato. Se mai si fosse resa conto del potere che aveva su di lui, sarebbe stato in guai seri.

Colt rotolò sulla schiena e si sfilò gli slip, facendo una smorfia quando il suo cazzo si liberò. Percepì un movimento accanto a lui e guardò Macie; aveva fatto la stessa cosa e ora era lì accanto a lui completamente nuda, e sorrideva.

Veloce come un fulmine, ritornò sopra di lei e il suo cazzo sfiorò la peluria tra le sue gambe.

«Scopami» gli disse, sollevando i fianchi come invito.

Sapendo di non avere alcun controllo e volendo assicurarsi che Macie fosse bagnata e pronta per lui, scese lungo il suo corpo baciandole i seni, l'ombelico e più giù.

Lei cercò di tirarlo su. «Colt. Ti prego!»

«Ti scoperò, Macie, non temere, ma prima ti assaporerò. Ti farò venire con la bocca e le dita. Poi quando sarai esausta e soddisfatta, infilerò il cazzo dentro il tuo corpo e farò l'amore con te. Non ti renderai nemmeno conto di dove finisci tu e comincio io... e ti farò venire di nuovo. *Poi*, quando sarai stordita dal piacere, ti scoperò. Ti va bene?»

Colt ignorava da dove provenissero quelle parole, non era mai stato uno che parlava sporco, preferiva andare subito al sodo e venire. Ma voleva apprezzare ogni secondo di quella prima volta con Macie. Voleva che lei fosse inebriata dal piacere come sapeva sarebbe stato *lui*.

«Ehm... sì, Colt. Per me va bene. Starò qui sdraiata e ti lascerò... sai... fare le tue cose.»

«Grazie» disse con un sorriso. Cazzo, era adorabile. Poi abbassò la testa e *fece* le sue cose.

———

Macie tremò travolta dall'orgasmo. Colt aveva fatto esattamente ciò che aveva detto. Aveva messo la bocca su di lei facendola venire. Oh, anche le dita erano state coinvolte, ma soprattutto era stato il modo in cui aveva usato la lingua intorno al suo clitoride, e succhiato, che l'aveva fatta esplodere di piacere.

Non le era mai piaciuto molto il sesso orale, perché si era sempre preoccupata dell'odore e del sapore che avrebbe potuto avere, e che il ragazzo volesse che lei ricambiasse. Ma con Colt non riusciva a pensare a nient'altro che a quanto fosse bravo a farle provare quelle bellissime sensazioni.

Per la prima volta in assoluto, voleva ricambiare il favore. *Voleva* mettere la bocca sul suo cazzo. Lo aveva intravisto quando si era tolto gli slip ed era piuttosto impressionante.

Prima di riuscire a prenderlo in mano o di fargli sapere che anche lei voleva toccarlo, incombeva di nuovo su di lei. Amava la sensazione di averlo sopra, si sentiva avvolta da lui e la faceva sentire al sicuro. Amata.

Colt si mise in ginocchio, si sporse verso il comodino accanto al letto e prese un preservativo. Macie lo guardò farlo rotolare su tutta la lunghezza con occhi avidi. Aveva ragione, *era* impressionante. Doveva esserle uscito un gemito, perché sollevò lo sguardo su di lei e sorrise.

«Lo vuoi?» le chiese.

«Sì» rispose senza mezzi termini.

Si prese l'uccello in mano, si avvicinò stando in ginocchio e le allargò le gambe. Macie vide la testa del suo cazzo premere contro le sue pieghe. Sollevò i fianchi, accogliendolo nel suo calore.

Il gemito che lui fece mentre si spingeva piano nel suo corpo caldo e bagnato, fu soddisfacente quasi quanto sentirlo dentro di lei. Quasi.

Chiudendo gli occhi a quella sensazione, Macie inarcò la schiena e gettò indietro la testa, gli afferrò i bicipiti e inspirò profondamente. Era grosso, ed era passato molto tempo dall'ultima volta che era stata con un uomo.

Come se avesse capito, Colt rimase completamente immobile dentro di lei, lasciando che si abituasse. Lo sentì mormorare parole rassicuranti mentre il suo corpo si rilassava.

«Va meglio?» le sussurrò.

Macie annuì.

Si tirò fuori completamente e la penetrò ancora una volta. Poi lo fece di nuovo, e di nuovo ancora.

Nessuno aveva mai fatto l'amore con lei in quel modo. In passato, gli uomini si erano solo spinti avanti e indietro per prendersi il loro piacere.

Ora invece, ogni volta che Colt allontanava i fianchi, lo seguiva con i propri non volendo perderlo. Poi la penetrava di nuovo e lei si sentiva un'altra volta completa.

Spostò le braccia per afferrargli il sedere e affondò le unghie nella sua pelle sensibile quando lui uscì dal suo corpo. «Colt» si lamentò.

«Che c'è?» chiese con un sorrisetto.

«Resta dentro di me» gli ordinò.

«Sei più sensibile in quel modo, vero?»

Pensandoci su, Macie annuì. «Sì. Tutto laggiù prende vita ogni volta che ti tiri fuori completamente prima di spingerti di nuovo dentro.»

«Esatto» mormorò. «È così anche per me. Il mio uccello è pienamente soddisfatto dentro di te, un po' meno fuori.»

Macie ridacchiò e Colt gemette. «Cazzo, posso sentire i tuoi muscoli contrarsi intorno a me quando ridi.»

Ciò la fece ridere più forte e gli avvolse le gambe intorno alle cosce, cercando di tenerlo fermo. «Mi sembrava avessi detto che mi avresti fatto venire facendolo piano e con dolcezza» si lamentò.

«Sei pronta?» chiese. «Ti stavo dando il tempo di riprenderti.»

«Sono a posto» lo rassicurò.

Invece di accelerare il ritmo, Colt si spinse fino in fondo, poi si mise seduto tirandosela con il sedere sulle cosce in modo che il bacino fosse sollevato e Macie poggiasse sulle spalle. Stava per chiedergli cosa stesse facendo quando lui portò il pollice sul clitoride e iniziò ad accarezzarlo con un tocco lento e gentile.

Contorcendosi, desiderando di più ma in un certo senso di meno, Macie sussultò. «Cosa stai facendo?»

«Faccio l'amore con te. Ti faccio venire sul mio cazzo.»

Il movimento del suo pollice era implacabile. A

prescindere da quanto si dimenasse, non riusciva ad allontanarsi. Il suo uccello era grosso e duro dentro di lei e il corpo di Macie vi si premeva contro mentre si avvicinava all'orgasmo.

«Dannazione, tesoro. Mi stai strizzando. È bellissimo. Devi venire o perderò la testa.»

Macie sentiva a malapena le sue parole. Aveva sempre pensato di aver bisogno di un tocco veloce e duro sul clitoride per venire, ma Colt le stava dimostrando che si sbagliava. L'orgasmo stava montando lentamente ma inesorabilmente finché sentì di stare per esplodere. Allargò le gambe più che poté mentre le sue cosce cominciarono a tremare, la sua pancia si contrasse e le dita dei piedi si arricciarono.

«Ecco, così, Mace. Vieni per me.»

E lo fece, gemendo il suo nome.

Per un momento pensò di essere svenuta, perché quando si rese conto di dove si trovava, il suo sedere era di nuovo sul materasso e Colt sopra il suo corpo. Era ancora dentro di lei, più duro che mai.

«Ora ti scoperò» disse con voce roca. «*Forte*. Sei pronta?»

Macie annuì. Era pronta per qualunque cosa volesse farle. Era sua. Completamente.

Colt iniziò a muovere i fianchi, spingendo la sua lunghezza dentro e fuori. Il sudore gli imperlava la fronte mentre combatteva le reazioni del suo corpo. «Non durerò» la informò. «Guardarti venire, sentire il mio nome sulle tue labbra, la tua eccitazione bagnarmi le cosce... è stato troppo. Ti piace così?»

Macie annuì di nuovo.

«Toccati» le ordinò. «Portati al piacere.»

«Non posso» protestò, anche se sollevò i fianchi per incontrare le sue spinte.

«Prova» disse roco. *Ti prego*, voglio sentirti strizzarmi mentre mi fai venire.»

Non potendo negargli nulla, Macie portò la mano tra i loro corpi e sfiorò il clitoride gonfio con un dito, sussultando; era ancora troppo sensibile. Fece comunque come le aveva chiesto Colt, anche se faceva un po' male. Voleva accontentarlo. Voleva portarlo oltre il limite con lei.

Non ci volle molto. Nel giro di un minuto Macie percepì i segni dell'imminente orgasmo. «Ci sono vicina!» lo avvertì.

«Lo sento» ribatté. «Fallo! Vieni!»

Ci vollero circa altri dieci secondi, ma venne. Qualche istante dopo, mentre lei era travolta e tremante da quell'estasi intensa, Colt gettò la testa indietro e rabbrividì. I muscoli delle sue braccia accanto a lei tremarono per il piacere che stava provando e il suo petto si sollevò e abbassò per il respiro affannato. Era stato sbalorditivo e sexy da morire.

Come se avesse staccato una spina, Colt si rilassò. Si lasciò cadere e rotolò portando con sé Macie, che si ritrovò sdraiata su di lui, mentre il suo cazzo si stava lentamente ammorbidendo dentro il suo corpo. Non dissero nulla per molto tempo, non fino a quando non scivolò fuori da lei.

Macie si lamentò; le piaceva sentirlo in quel modo. Essere così uniti.

«Lo so» sussurrò Colt. «Piaceva anche a me stare lì.»

Sapeva che lui avrebbe dovuto alzarsi per occuparsi del preservativo, doveva dargli fastidio ora che avevano finito, ma non si mosse.

«Ogni mattina quando mi sveglio, provo un momento di panico pensando che te ne sia andata nel cuore della notte» ammise Colt a bassa voce.

Macie si sentì in colpa. «Mi dispiace.»

«Non dispiacerti, ma promettimi solo che non lascerai mai più il mio letto senza dirmelo. Se devi alzarti per fare pipì nel mezzo della notte, va bene, ma se non riesci a dormire e stai per andare a leggere o a lavorare, svegliami e dimmelo. Non riesco a sopportare di aprire gli occhi e non trovarti, Mace. Ancor meno dopo stasera.»

«Te lo prometto.» Non era una promessa difficile da fare.

«Lo farò anch'io. È molto più probabile che sia io quello che se ne va» disse. «A volte veniamo chiamati alla base in piena notte per delle missioni e devo esserci per monitorare i miei uomini, ma non me ne andrò mai senza salutarti. Te lo giuro.»

«Grazie.» Macie non riuscì a dire nient'altro con il nodo che aveva in gola.

Poi Colt li rigirò ancora una volta e la baciò. Fu un

bacio lungo e pigro che la fece rilassare. Era esausta per i tre orgasmi ed era sul punto di addormentarsi quando lui si allontanò.

Le sorrise, poi la baciò sulla fronte. «Dormi, tesoro. Torno subito, appena mi sarò occupato di questo preservativo.»

Lo guardò scendere dal letto e camminare nudo verso il bagno. Non sembrava minimamente preoccupato di non indossare nulla. Ma perché avrebbe dovuto? Per essere un uomo di quarantatré anni, era in ottima forma. Non aveva più gli addominali scolpiti, ma i muscoli erano chiaramente definiti e il suo sedere era irresistibile.

Sorridendo tra sé, Macie chiuse gli occhi. Poco dopo sentì il materasso abbassarsi e Colt la prese tra le braccia, tirò su la coperta e le baciò la tempia. Fu l'ultima cosa che ricordò prima di cadere in un sonno profondo come non succedeva da molto tempo.

CAPITOLO OTTO

«QUINDI CI STA DICENDO che non riuscite a trovare il suo ex e nemmeno a rintracciare gli uomini con cui è in combutta, che molto probabilmente sono quelli che hanno fatto irruzione nel suo appartamento non una, ma due volte?»

Macie trasalì al tono di condanna di Colt. Erano andati a Lampasas per prendere altri vestiti e si erano fermati alla stazione di polizia per parlare con il detective.

«Non è facile come lo fanno sembrare in televisione» cercò di difendersi l'agente.

I due rimasero a fissarsi e Macie si sentì a disagio. Odiava essere la causa del conflitto. Non conosceva bene il detective ma era quasi un mese che stava cercando di trovare Teddy.

Era difficile credere che fosse passato tutto quel tempo da quando aveva chiamato suo fratello per chiedere aiuto e si era trasferita da Colt; il mese più felice della sua vita.

Oh, c'erano molte volte in cui l'ansia prendeva il sopravvento, ma in qualche modo con lui al suo fianco, le cose sembravano più facili. Meno stressanti. Quando andava a fare la spesa, si preoccupava meno che le persone la fissassero. Andava a mangiare fuori più spesso perché poteva sedersi accanto a Colt e se c'era qualcosa che non andava nel cibo o nel servizio, se ne occupava lui. E quando aveva avuto un brutto attacco d'ansia, dopo che a uno dei suoi clienti non era piaciuto il sito web che aveva trascorso giorni a progettare, Colt era stato lì ad accarezzarle la schiena e a rassicurarla che la sua carriera non era finita.

Era bello avere qualcuno dalla sua parte.

No, era più che bello. Era un miracolo.

Ma Macie, temeva sempre di dire o fare qualcosa che avrebbe potuto rovinare le cose tra loro, per poi ritrovarsi di nuovo sola e dover tornare nel suo appartamento a Lampasas, a preoccuparsi che gli uomini che avevano fatto irruzione non erano stati ancora catturati.

Dopo aver fissato il detective per un minuto intero, Colt finalmente disse: «Sa come contattarmi se li trova.»

«Mi metterò in contatto con Mercedes, dato che è il suo caso» disse con fermezza il detective.

Macie vide la mascella di Colt contrarsi.

Odiava le discussioni, erano una delle cose che avrebbe potuto provocarle un attacco d'ansia in piena regola. «Grazie» sbottò, tirandogli il braccio. «Lo apprezzerei. Sono sicura che sta facendo tutto il possibile per trovarli.»

Colt aprì la bocca come per dire qualcosa, ma dopo averla guardata cambiò idea. Fece un cenno al detective, le avvolse un braccio intorno alla vita e andarono verso l'uscita.

Quando furono fuori portata d'orecchio, si chinò e le chiese: «Stai bene?»

Annuì. Il cuore le batteva troppo forte ma fece qualche respiro profondo per cercare di controllarlo.

Le tenne aperta la porta e sentire il suo palmo sulla parte bassa della schiena fu piacevole. Confortante. Quel tocco le ricordò come avevano fatto l'amore la sera prima, quando l'aveva messa a carponi sul letto e presa da dietro. La sua mano le aveva accarezzato la schiena, proprio come stava facendo ora.

Il solo pensiero di Colt che faceva l'amore con lei fu sufficiente ad aiutarla a bloccare la spirale discendente. Era un amante incredibilmente generoso, che si assicurava sempre che lei provasse piacere dalla loro unione tanto quanto lui.

Dopo averla sistemata nella Wrangler ed essere salito al lato del conducente, si voltò a guardarla. «Ho intenzione di vedere cosa può fare la mia squadra per trovare quel tizio.»

Macie sbatté le palpebre. Era persa nei suoi pensieri su loro due nudi a letto, ma sembrava ovvio che la mente di Colt fosse in un posto del tutto diverso.

«Vuoi coinvolgere Ford e i suoi amici?» Non era

convinta di volerlo. Macie non aveva dubbi che suo fratello avrebbe potuto rintracciare Teddy, ma non era sicura che sarebbe riuscito a mantenere la calma abbastanza a lungo da scoprire delle informazioni da lui. Ford era *incazzato*. Molto incazzato per il fatto che Teddy l'avesse presa per un bersaglio facile, qualcuno da poter usare per nascondere la droga, o qualunque cosa fosse, nel suo appartamento.

«No, non Truck, perderebbe la testa e farebbe qualcosa di stupido che potrebbe danneggiare la sua carriera. Sto parlando dell'altra squadra Delta che comando.»

Non aveva incontrato di persona gli uomini a cui si riferiva, ma sapeva di chi stesse parlando.

«Dato che Trigger e il suo team non hanno alcun legame con te, sarà più facile per loro indagare. Stasera devo parlargli e gli dirò di chiedere a Brain se riesce a trovare qualcosa.»

«Perché Brain?» gli chiese Macie.

«Perché è un astuto figlio di puttana ed è più intelligente di chiunque abbia mai incontrato in vita mia. Quell'uomo avrebbe potuto essere un neurochirurgo o un fisico nucleare, invece ha scelto di arruolarsi nell'esercito. Può utilizzare la tecnologia che i poliziotti non hanno, per vedere se Teddy è ancora nella zona, e poi gli altri potranno usare quelle informazioni per rintracciarlo.»

Macie si morse il labbro e lo fissò.

«Che c'è?» le domandò, accarezzandoglielo con il pollice.

«Non... non voglio che qualcuno si metta nei guai, men che meno tu e i tuoi uomini. Se nessuno è tornato a casa mia dopo la seconda irruzione e il detective non riesce a trovare Teddy, forse è perché ha lasciato la città.»

«Forse» concordò Colt. «Ma non voglio correre il rischio che si stia nascondendo, aspettando il momento perfetto per colpire. Non sappiamo ancora cosa stesse cercando. Magari quei teppisti *hanno* trovato ciò che cercavano la seconda volta che sono entrati nel tuo appartamento, ma non ne abbiamo alcuna garanzia, e finché non sarò certo al cento per cento che sei al sicuro, non voglio correre rischi.»

Macie si sentì stringere il petto, ma non perché era sull'orlo di una crisi di panico. Nessuno in tutta la sua vita si era mai dato tanto da fare per prendersi cura di lei come Colt. Certo, Ford aveva fatto del suo meglio quando erano bambini, ma questo era diverso. E per quanto fosse strano, sapere cos'aveva fatto per andare a liberare il suo amico Gris, la violenza con cui lo aveva difeso, non aveva dubbi riguardo alla sua capacità di tenerla al sicuro.

«Forse dovremmo tornare al mio appartamento per controllare di nuovo tutto?» suggerì Macie.

Colt scosse la testa. «No. Non oggi. Ne hai passate abbastanza e se non abbiamo trovato nulla la prima volta che abbiamo cercato, è probabile che sia così anche la seconda.»

«Pensi che Teddy sappia dove sto adesso?» chiese in tono sommesso. Per un po' si era preoccupata, motivo per cui era più che contenta di restare chiusa in casa quando Colt andava a lavorare; aveva un sistema di sicurezza e lei era psicologicamente più tranquilla.

Lui la guardò a lungo prima di annuire. «Sì, tesoro. Penso che sia possibile. Se è intelligente, e penso che lo sia, dato che è riuscito a eludere la polizia per così tanto tempo, probabilmente aveva messo qualcuno a sorvegliare il tuo appartamento, e quando Truck e gli altri sono andati a prenderti un po' di roba o a controllare le cose, può averli fatti seguire fino a Killeen.»

Macie si morse di nuovo il labbro. «Ti sto mettendo in pericolo?»

Colt si chinò e le mise una mano dietro il collo e la attirò più vicino a sé. Macie si afferrò al bracciolo tra di loro ma non cercò di allontanarsi da lui. «Posso gestire quel teppista di Teddy. Brain mi ha già procurato la sua fedina penale e, credimi, non mi spaventa.»

«Ma...»

«Niente ma» disse con fermezza, interrompendola prima che potesse anche solo iniziare a protestare. Le diede un rapido bacio poi si tirò indietro per guardarla negli occhi. «Mi piace averti a casa mia. Nel mio letto. Mi piace vedere il tuo computer e i documenti sul tavolo della mia sala da pranzo. Mi *piaci* e basta, Macie. Questo non è un sacrificio per me. Se dipendesse da me, resteresti a casa mia anche una volta finita tutta questa storia. Quindi, se pensi che permetterò a un teppista come Theodore Dorentes di farti del male, sei pazza.»

Le piaceva ciò che aveva appena detto, ma una cosa tra tutte la colpì. «Vuoi che rimanga?»

«Sì, Mace, lo voglio» le confermò

Avrebbe dovuto dirgli che era pazzo, che con tutti i problemi che aveva non era la scelta migliore. Che anche se di recente l'aveva aiutata a sentirsi più normale, l'ansia sarebbe sempre stata una seccatura. Che in qualità di colonnello, aveva bisogno di una partner estroversa e socievole, cosa che Macie non sarebbe mai stata. Che lei pensava che le persone avessero sempre ulteriori motivi quando facevano qualcosa. Ma tacque. Voleva Colt più di quanto avesse mai voluto qualcosa in vita sua, e se lui non aveva ancora capito quanto fosse problematica, non sarebbe stata lei a dirglielo.

«Mi piaci così come sei» aggiunse dopo un momento, come se riuscisse a leggere i suoi pensieri. «Ci saranno sempre persone che non comprenderanno la nostra relazione, ma finché va bene a noi, allora possono andare a fanculo.»

Avrebbe voluto essere sicura di sé quanto lui, ma gli fece comunque un piccolo cenno del capo. Colt si chinò in avanti e la baciò di nuovo. «Sei pronta per tornare a casa?»

Casa. Avrebbe proprio potuto abituarsi a quello. «Sì» rispose semplicemente.

Anche se era stata una giornata strana e Macie avrebbe dovuto essere bloccata nei suoi pensieri a cercare di affrontare le sue insicurezze, non lo era. Sorrise per tutto il viaggio fino a Killeen.

―――――

Colt, seduto nel suo ufficio con le mani sotto il mento, guardava dall'altra parte della scrivania gli uomini del secondo team della Delta Force che comandava. Aveva detto a Trigger che voleva parlargli spiegandone il motivo e, in men che non si dica, era arrivata tutta la squadra.

«Con tutto il rispetto, Signore» gli aveva detto Grover «ma se qualcuno sta minacciando la donna del nostro comandante, è un problema di *tutti* noi, non solo di Trigger.»

Colt non poteva arrabbiarsi con i suoi uomini per quello. Inoltre, secondo lui, più persone aveva a disposizione meglio era. Così parlo loro di Teddy e cos'era successo nell'appartamento di Macie. Che ora stava a casa sua e che sperava si sarebbe trasferita in modo permanente, se fosse riuscito a convincerla. Raccontò ai suoi soldati che la polizia di Lampasas non era riuscita a trovare il bastardo o i tizi che avevano fatto irruzione nell'appartamento, e infine parlò dell'ansia contro cui Macie combatteva quotidianamente.

Come i bravi uomini che sapeva fossero, nessuno sembrò sconcertato da quell'ultima rivelazione. In effetti, Trigger gli chiese: «È quello che le è capitato al ricevimento, vero?»

«Sì» rispose Colt.

Lefty annuì. «Brain aveva notato che sembrava non stesse bene e stava per occuparsene ma è arrivato prima lei.»

Colt lanciò un'occhiataccia al giovane.

Brain sorrise e alzò le mani in un gesto conciliante. «Sapevo che era la sorella di Truck e volevo solo assicurarmi che stesse bene. È tutto.»

Colt annuì e cercò di calmarsi, Brain non aveva avuto intenzione di provarci con Macie, ma solo essere gentile.

«Il matrimonio e il ricevimento sono stati difficili per lei. I momenti di socializzazione in genere le fanno quell'effetto, quindi l'ho portata a casa mia e mi sono assicurato che stesse bene» disse, continuando a rispondere alla domanda di Trigger.

Tutti gli uomini annuirono. «Allora qual è il piano?» chiese Oz.

«Brain, vorrei che vedessi cosa puoi fare per trovare Teddy. Scopri che posti gli piace frequentare, chi è il suo spacciatore e chi sono i suoi amici.»

«Doc e Grover, se quando avete tempo andate a dare un'occhiata al suo appartamento per vedere se notate qualcuno gironzolare intorno, lo apprezzerei. Non sappiamo chi siano quegli stronzi che hanno fatto irruzione e minacciato Macie e non mi piace che siano ancora là fuori da qualche parte. Lucky e Oz, vorrei che sorvegliaste il mio quartiere. Non ci sono prove che Teddy o i suoi scagnozzi siano stati a Killeen, ma non voglio correre rischi. Non sappiamo cosa stessero cercando, quindi potrebbero decidere di provare a contattare direttamente Macie.»

«E noi, Signore?» chiese Trigger, riferendosi a se stesso e a Lefty.

«Voglio che veniate a casa mia quando ce ne andremo da qui, in modo da presentarvela.»

«Come, Signore?» chiese Lefty perplesso.

«Vi ho già detto che soffre d'ansia, alla fine dovrà incontrarvi tutti e deve sentirsi a proprio agio con voi. Si sente già tranquilla con Truck e il suo team, soprattutto perché è suo fratello, ma voglio che conosca anche tutti voi. Se tutto va come desidero, rimarrà da queste parti per molto tempo, e l'ultima cosa che voglio è che si senta ansiosa di vedere qualcuno di voi. Avrò bisogno del vostro aiuto nei contesti sociali per tenerla calma, non potrò essere sempre al suo fianco, e se vi conosce, allora possiamo rilassarci entrambi.»

«D'accordo» confermò Trigger.

«Tanto non avevo fatto piani» aggiunse Lefty. «Mi piacerebbe conoscerla.»

«E noi?» Grover sorrise. «Voglio incontrare la donna che tiene in pugno il nostro comandante.»

Colt si alzò, si chinò sulla scrivania e lanciò un'occhiataccia al suo soldato. «Lo puoi ben dire che lo fa, cazzo» disse in tono basso. «E farò tutto il necessario per proteggerla. Ricordalo, soldato.»

Grover annuì subito. «Certo, Signore. Non lo intendevo con cattiveria.»

Colt cercò di tenere sotto controllo il suo temperamento. Sapeva che non intendeva essere irrispettoso, ma il suo commento lo aveva comunque irritato. «È una donna molto intelligente. Bellissima. Piena di risorse. E la sua vita è stata un inferno. È sensibile a ciò che dice la gente; presume che stiano parlando male di lei anche se non è così. State attenti a cosa esce dalla vostra bocca e siate rispettosi in ogni momento. Capito?»

Un coro di "Sì, Signore" risuonò nella stanza.

«Bene» disse Colt con un cenno del capo. «Se avete dubbi o per qualsiasi cosa, chiamate prima me e poi la polizia. Non mi aspetto che la proteggiate con la vita, assolutamente, ma che vi prendiate cura di lei come fareste con le vostre donne.»

«Signore» disse Trigger «non è necessario che ce lo dica. Potremmo non essere sposati come i membri del team di Ghost, ma non significa che non rispettiamo le loro mogli o che non vorremmo avere anche noi una donna un giorno. È ovvio che Macie è importante per lei e quindi lo è anche per noi. Fa parte di questa squadra quanto lei. Può contarci che faremo tutto il necessario per assicurarci che sia al sicuro.»

Colt si rilassò ancora di più. Non si era reso conto di quanto volesse, e avesse, bisogno del loro sostegno. «Grazie. Potete andare.»

La squadra uscì dal suo ufficio e lui fece un respiro profondo.

Aveva una brutta sensazione riguardo all'intera faccenda. Era passato troppo tempo da quando avevano fatto irruzione nell'appartamento di Macie e gli uomini come il suo ex non avevano molta pazienza... quindi perché non aveva ancora fatto una mossa? Ogni giorno che passava poteva far aumentare e peggiorare la sua rabbia. Quella situazione lo preoccupava, e se avesse potuto l'avrebbe portata al lavoro con lui tutti i giorni, solo per sicurezza.

L'unica cosa che gli impediva di perdere la testa era la consapevolezza che Macie non fosse il tipo da correre rischi. Era una delle milioni di cose che amava di lei. Colt aveva affrontato abbastanza rischi e pericoli nel suo lavoro, sapere che non avrebbe lasciato la sua casa quando lui non c'era, lo fece sentire meglio riguardo a tutta la storia.

Non le aveva ordinato di non farlo, non le aveva nemmeno detto dei suoi sospetti sul suo ex. In realtà era stata lei a sollevare la questione, una notte, quando erano a letto soddisfatti e rilassati dopo aver fatto l'amore. Gli aveva detto che si sentiva più sicura rintanata in casa quando lui era al lavoro, perché Teddy non era ancora stato trovato. Si era offerta volontariamente di rimanere dietro le porte chiuse durante il giorno e uscire solo quando era insieme a lui.

Odiava che si sentisse in quel modo, ma non aveva discusso. Sperava che una volta capito dove fosse Teddy ed essersi occupato di lui, avrebbero potuto lavorarci insieme per far sì che si sentisse a suo agio a uscire da sola.

Facendo un respiro profondo, il colonnello Robinson si rimise al lavoro.

———

Quella sera, dopo essersi assicurato che Macie stesse bene, le disse che Trigger e Lefty sarebbero passati di lì. Sembrava incerta, ma annuì.

«Sono i miei uomini» le disse Colt. «Pensi che li lascerei entrare nella tua vita, se pensassi che potrebbero fare o dire qualcosa che potrebbe causarti anche il minimo di sofferenza psichica?»

«Be', no, ma... questo non significa che non sia nervosa all'idea di incontrarli.»

«Tesoro, ognuno dei miei uomini farebbe esattamente ciò che ho fatto io anni fa se mi accadesse qualcosa. Se venissi catturato dai talebani, so con profonda convinzione che muoverebbero cielo e terra per liberarmi... proprio come farei io per loro. Ma è più di questo. Proprio come tuo fratello farebbe qualsiasi cosa per proteggerti, io farei lo stesso per lui. E per Mary. E per Ghost e Rayne o Casey e Beatle... o chiunque di loro, le mogli e i figli. Quello che abbiamo è molto più profondo del semplice legame tra soldato e comandante, per ciò che facciamo, per come ci affidiamo l'uno all'altro per coprirci le spalle nelle situazioni più intense della nostra vita.»

Si trovavano vicino alla porta della cucina, e Colt attirò Macie tra le braccia mettendole una mano sulla parte bassa della schiena e l'altra sul collo infilata tra i capelli. Appoggiò la fronte contro la sua e proseguì. «Ti amo, Macie. Così tanto che quasi mi spaventa. Ora che ho sperimentato cosa significa vivere insieme, non voglio farlo in nessun altro modo. Ora che so come ci si sente a tornare da te dopo il lavoro, non voglio più tornare in una casa vuota. Ora che ho avuto la fortuna di tenerti tra le braccia ogni notte per oltre un mese, non posso più farne a meno. E ora che sono stato dentro di te, ti ho sentita venire sul mio cazzo, non riesco a immaginare di essere in intimità con un'altra donna per il resto della vita. Sei quella *giusta* per me. Sono creta nelle tue mani. I miei uomini lo sanno, e faranno tutto il necessario per proteggerti, perché sei parte di me.»

A quel punto Macie stava piangendo, in silenzio, ma le lacrime le scorrevano lungo le guance.

«*Non* devi essere nervosa all'idea di incontrare Trigger o Lefty. Oppure Oz, Doc, Brain, Grover o Lucky. Ti tratteranno con rispetto. Ti ameranno. Saranno come fratelli in tutto e per tutto. Ti copriranno le spalle, saranno al tuo fianco. Stai certa che quando ne avrai bisogno saranno lì per te a prescindere da tutto. Quando alla fine troveranno le donne giuste, diventeranno anche loro tue amiche. Non so cos'abbia in serbo la vita per loro, chi troveranno che li completi, ma so che quelle donne sono là fuori, in attesa. E ti ameranno tanto quanto me. Vuoi sapere come lo so?»

Non rispose, ma lo guardò con i suoi bellissimi occhi castani pieni di lacrime e annuì.

«Perché tu sei tu. Sei premurosa, gentile, compassionevole, con i piedi per terra e talmente simpatica che mi è difficile capire come tu non lo veda.»

«Anch'io ti amo» sussurrò lei, e Colt chiuse gli occhi, sopraffatto dall'emozione. Sapeva quanto fosse stato difficile per lei pronunciare quelle parole, e in quel momento giurò di non darle mai per scontate.

Riaprì gli occhi. «Sono l'uomo più fortunato del mondo» le disse, prima di usare i pollici per asciugarle le lacrime sulle guance. Poi si chinò e la baciò in modo dolce e tenero, ma quando si tirò indietro, il suo cazzo era duro e lei si stava stringendo contro di lui con smania.

«Per quanto mi piacerebbe sollevarti sul bancone, abbassarti i jeans e seppellire il viso nella tua deliziosa fica, non abbiamo tempo. Trigger e Lefty saranno qui a momenti.»

«Rimandiamo a dopo?» chiese con un piccolo sorriso.

Colt fece un sorrisetto compiaciuto. «Cazzo, sì. Vuoi rinfrescarti prima che arrivino?»

Lei annuì, ma non si staccò da lui. «Colt?»

«Sì, tesoro?»

«Non riesco nemmeno io a immaginare la mia vita senza te.»

Non riuscì a trattenersi dal baciarla ancora una volta. Dopo qualche istante, si costrinse a smettere di toccarla e fece un passo indietro. «Vai di sopra, donna.»

Macie ridacchiò annuendo, poi si voltò e andò verso le scale.

Colt la osservò mentre saliva. Rimase lì fermo anche molto tempo dopo che era scomparsa dalla sua vista, chiedendosi come avesse fatto a essere così fortunato.

CAPITOLO NOVE

UNA SETTIMANA DOPO, Macie stava lavorando al computer al tavolo della sala da pranzo di Colt. Negli ultimi sette giorni aveva incontrato non solo Trigger e Lefty, ma anche gli altri uomini del secondo team della Delta Force.

Le ricordavano suo fratello sotto molti aspetti. Erano divertenti ed educati, ma c'era qualcosa in loro che suggeriva anche quanto fossero letali.

La maggior parte aveva più o meno la sua età. Variavano in altezza e caratteristiche fisiche, ma ognuno aveva uno sguardo intenso che l'avrebbe innervosita se Colt non fosse stato al suo fianco. Ma alla fine, dopo ogni visita, si era resa conto di essersi sentita a suo agio con ognuno di loro. Capiva perfettamente la devozione di Colt verso i suoi uomini e quella dei soldati nei confronti del loro ufficiale in comando.

Era strano per Macie pensare a lui come a un

comandante. Per lei era solo Colt, ma era ovvio che si fosse guadagnato un gran rispetto da parte dei suoi uomini.

Sentendo il suono dell'arrivo di una nuova mail, Macie aprì il programma e lesse il messaggio carico di panico da parte di un'ex cliente. Per qualche motivo, il suo sito web era tornato ai dati di due anni prima e quindi ora il contenuto era tutto obsoleto.

«Merda» mormorò Macie e si mise al lavoro per cercare di capire quale fosse il problema. Dopo trenta minuti si appoggiò indietro sulla sedia, sconfitta. C'era stato un aggiornamento sulla piattaforma che l'autrice stava utilizzando, ma nessuno aveva eseguito il backup dei dati del suo sito da quando Macie ci aveva lavorato due anni prima. Era abbastanza sicura di poterlo risolvere, ma i file del codice che aveva usato erano su un vecchio disco di backup nel suo appartamento a Lampasas.

Mandò un messaggio all'autrice dicendole che era disposta a lavorare sul problema urgente, precisando quanto sarebbe costato. Poteva non essere brava nelle interazioni faccia a faccia con le persone, perché si preoccupava sempre di quello che pensavano o dicevano di lei, ma una cosa che aveva imparato negli anni era che non poteva girarci intorno quando si trattava di soldi.

I suoi clienti apprezzavano sapere le tariffe in anticipo e Macie gradiva essere pagata in modo tempestivo.

L'autrice rispose subito via mail accettando il prezzo, insistendo sul fatto che doveva essere ripristinato il prima possibile. Non poteva aspettare perché da lì a due giorni sarebbe uscito un nuovo libro; era il terzo di una nuova serie e, a causa del problema, gli altri due volumi non risultavano sul sito perciò era necessario che lo sistemasse.

Era un piccolo disastro e Macie non poteva biasimare l'autrice per essere agitata. Si morse l'unghia del pollice e considerò le sue opzioni. Poteva ricodificare tutto da zero, ma ciò avrebbe richiesto un'eternità e sarebbe costato molto di più. Se fosse riuscita a prendere il disco con il lavoro già fatto dal suo appartamento, c'era la possibilità che il sito fosse ripristinato e funzionante entro quella notte.

Ma non era stupida, andare a Lampasas da sola era *l'ultima* cosa che avrebbe fatto, dato che né Colt e le sue squadre né la polizia, avevano ancora trovato Teddy.

Macie sentì il petto stringersi mentre pensava a come comportarsi. Avrebbe potuto semplicemente dire all'autrice di aspettare, ma non sarebbe stato positivo per la sua reputazione. La cliente avrebbe potuto parlare male di lei e screditarla con gli altri, con il rischio di danneggiare il suo nome in quella professione. Macie sapeva che Colt era impegnato quel giorno, le aveva detto che avrebbe avuto delle riunioni con altri ufficiali di alto rango alla base. Stavano organizzando una nuova missione per Ford e il suo team, e l'ultima cosa che Macie voleva fare era chiedergli di lasciare il lavoro per qualcosa che non fosse un'emergenza.

Be', era un'emergenza per l'autrice ma non era nulla

se paragonato a fare in modo che suo fratello non corresse rischi inutili, una volta inviato all'estero per una missione top-secret.

Macie pensò a Trigger e agli altri della sua squadra. Lui si era assicurato che capisse che avrebbe potuto contattarlo in qualsiasi momento e aveva aggiunto al suo telefono i numeri a cui chiamarlo.

Mordendosi il labbro, decise di aspettare che Colt tornasse a casa. Sarebbe andato con lei nel suo appartamento per prendere il disco di backup che le serviva. Poi sarebbe rimasta sveglia fino a tarda notte per aggiornare il sito. Non sarebbe stata la prima volta che avrebbe perso il sonno a causa del lavoro.

Ma arrivò un'altra email da parte dell'autrice, in cui spiegava che la newsletter che doveva uscire quella sera aveva un link che mandava al suo sito per consentire alle persone di preordinare il nuovo libro, che la sua PR era in vacanza e non poteva aggiornare l'email prima che venisse inviata a decine di migliaia di lettori.

La pressione nel petto di Macie aumentò. Doveva avere quel codice il prima possibile.

Senza pensare troppo a ciò che stava facendo, prese il telefono e toccò il nome di Trigger.

«Pronto?»

«Ciao. Ehm... Trigger?»

«Macie? Che problema c'è? Tutto bene? Dove sei?»

«Sto bene» lo rassicurò subito. «Sono a casa... ehm... a casa di Colt. Io... ehm... è successa una cosa e so che lui è impegnato. E anche Ford. Non te lo chiederei, ma è importante.» Le parole mancavano di naturalezza, ma Macie era orgogliosa di essere riuscita a esprimerle.

«Stai bene? Non sei ferita?» le chiese.

«No. Sto bene.» Lo sentì sospirare di sollievo.

«Ok. Allora, che c'è? Cosa posso fare per aiutare?»

«Se non puoi, capisco perfettamente. Voglio dire, è probabile che tu sia al lavoro e non possa andartene quando vuoi. Non è che poi vieni incolpato di assenza ingiustificata? Di diserzione? Non voglio che ti metta nei guai...»

«Macie. Di cos'hai bisogno?» insistette Trigger, con un accenno di esasperazione nella voce.

Chiuse gli occhi e disse tutto d'un fiato: «Mi serve una cosa dal mio appartamento ma non voglio andarci da sola, e Colt e Ford sono impegnati. Non ci metterò molto a entrare e prenderlo.»

«Ma cos'è che ti serve? È qualcosa che posso comprare mentre vengo a casa del comandante?» chiese Trigger.

Era un bel pensiero, ma purtroppo inutile. Gli spiegò rapidamente la situazione e concluse dicendo: «Utilizzare i dati di quel disco di backup farebbe risparmiare a me ore di lavoro e centinaia di dollari alla mia cliente.»

Trigger rimase in silenzio per così tanto tempo che non era sicura che fosse ancora lì. «Trigger?»

«Immagino che non mi lascerai andare fino a Lampasas a prenderlo per te, vero?»

Macie sospirò. «Lo farei, ma a dir la verità non so

indicarti di preciso dove sia il disco. Ho messo un sacco di roba nel ripostiglio all'ingresso, ma con la polizia che ha controllato il posto per vedere di trovare se era stato manomesso qualcosa, oltre agli altri uomini che hanno frugato dappertutto, potrebbe essere ovunque ormai. Non so se saresti in grado di trovarlo, soprattutto perché non ricordo esattamente dove potrebbe essere.»

«Sono già in strada. *Non* uscire di casa prima del mio arrivo» le ordinò Trigger.

«Ovvio che no.»

«Sarò lì tra dieci minuti o anche meno.» E con quello, riattaccò.

Macie sospirò e chiuse la chiamata. Non era contenta di dover andare a casa sua, ora quel posto le dava i brividi, ma aveva bisogno dei suoi vecchi file.

Si spostò dal tavolo e si alzò, poi si fermò quando pensò che se si fosse trasferita da Colt in modo permanente non avrebbe dovuto preoccuparsi di aver bisogno di cose che si trovavano ancora nel suo appartamento.

Nell'istante in cui il pensiero le attraversò la mente, si rese conto di quanto desiderasse vivere con lui.

Le cose tra lei e Colt erano successe in fretta, ma non poteva negare che fosse scattato qualcosa tra loro al matrimonio di suo fratello. Non sarebbe mai rimasta tutta la notte con lui se non avesse provato quella sensazione. E non avrebbe mai avuto il coraggio di lasciargli il suo numero. Non importava che lui non l'avesse visto; il fatto che quella scintilla fosse ancora presente, fu sufficiente a farle capire che Colt era diverso da qualsiasi uomo avesse incontrato fino a quel momento.

Poi curvò le spalle, abbattuta; non ne avrebbe mai parlato con lui. Assolutamente. Non era abbastanza coraggiosa, non sarebbe mai riuscita a costringersi a farlo. Nella sua testa era sempre in conflitto sul fatto che le cose non fossero come le immaginava. E l'avrebbe uccisa se dopo aver trasferito tutta la sua roba, lui fosse stato contrario all'idea.

Facendo un respiro profondo, Macie si costrinse a interrompere quel tipo di pensieri prima che andassero oltre. Sapeva di non essere la scelta migliore come part-ner, prendeva più di quanto dava, ma Colt aveva detto che l'amava e lei ricambiava il sentimento, e la terra non aveva smesso di muoversi.

Corse di sopra a cambiarsi prima di tornare al piano di sotto e riordinare la sua postazione di lavoro. Proprio quando stava andando fuori di testa per l'attesa, sentì bussare. Controllando lo spioncino vide che era Trigger e aprì la porta. «Sono pronta» gli disse.

Trigger era di bell'aspetto, per quanto ne sapeva aveva un paio d'anni più di lei ed era più alto persino di Colt. Aveva i capelli scuri e uno sguardo così pene-trante, che Macie supponeva che chiunque dandogli un'occhiata, sarebbe indietreggiato. Ma grazie al discor-setto che Colt le aveva fatto l'altra sera, Macie non aveva paura di lui e non era nemmeno particolarmente preoccupata di ciò che pensava di lei, anche perché quando l'aveva conosciuto era stato molto amichevole e aperto.

«Prima ci sbrighiamo e prima possiamo tornare indietro» disse Trigger.

Macie lo guardò e gli chiese: «Pensi che sia troppo pericoloso? Aspetterò Colt se credi che sia più sicuro. L'ultima cosa che voglio è farti correre rischi.»

«Posso affrontare il tuo ex» le rispose con un accenno di disgusto nella voce. «E non intendevo niente con quella dichiarazione, ma so che ti senti più a tuo agio qui che a casa tua. E fa un caldo infernale oggi.»

Macie sorrise. Il Texas era sempre caldo, ma quel giorno era opprimente anche per i suoi standard.

Attivò l'allarme inserendo il codice sulla tastiera sul muro, poi chiuse a chiave la porta. Seguì Trigger fino alla sua auto, un'elegante Porsche nera, e sorrise quando le aprì la portiera. Mentre erano in viaggio, gli chiese come mai avesse scelto quella macchina sportiva.

Lui scrollò le spalle un po' imbarazzato. «Sono single e ho risparmiato un sacco di soldi. Perché no?»

«Mi piace» lo rassicurò Macie. «Avete scoperto qualcos'altro su Teddy o su chi ha fatto irruzione?»

Trigger sospirò e si passò una mano tra i capelli. «Non quanto avremmo voluto. Brain ha scovato alcuni indizi e li abbiamo passati al detective incaricato al tuo caso ma, o Teddy è il figlio di puttana più fortunato al mondo, oppure ha ricevuto da qualcuno un aiuto che ci sta sfuggendo.»

«Penso che sia probabile la seconda opzione. Voglio

dire, non entro in confidenza molto facilmente con le persone, ma qualcosa in lui mi ha fatto abbassare la guardia più in fretta del normale. Ho la sensazione che abbia raggirato molta gente.»

«Credo che tu abbia ragione» disse Trigger. «E non dovresti sentirti in colpa per averlo frequentato. Alcune persone hanno più carisma di altre e se ha scelto di usarlo per comportarsi da bastardo, è un problema suo non tuo.»

Macie annuì, non del tutto convinta. Per il resto del viaggio si preoccupò del motivo per cui Teddy l'avesse scelta; dava l'impressione di essere tanto credulona? Cercò di ricordare la prima volta che l'aveva visto di persona e non ci riuscì. Quello la diceva lunga su ciò che aveva veramente provato per lui.

Ricordava però la prima volta che aveva visto Colt. Era nella stanza d'ospedale di Ford, che era stato ferito durante la rapina alla banca dove lavorava Mary. Aveva sentito subito che c'era una certa attrazione tra di loro, ma era stato al matrimonio che lo aveva davvero notato; seduto sui banchi davanti della chiesa, con indosso l'uniforme blu dell'esercito e un mezzo sorriso stampato in faccia per tutto il tempo.

Macie ricordava di aver pensato che sembrava un uomo su cui una donna avrebbe potuto contare.

E non si era sbagliata.

«Siamo arrivati» disse Trigger, facendola uscire dalla lieve trance in cui si trovava. «Aspetta che vengo ad aprirti la portiera.»

Macie annuì e lo guardò mentre usciva dall'auto sportiva ribassata e girava a grandi passi intorno alla parte anteriore del veicolo. Le tese una mano per aiutarla a uscire e rimase al suo fianco mentre salivano le scale verso il suo appartamento.

Era la prima volta che tornava dopo tutte quelle settimane e la casa puzzava un po' di muffa. Arricciando il naso si voltò per sorridere a Trigger e dirgli che quando viveva lì c'era un odore migliore, ma le parole le si bloccarono in gola quando vide Teddy dietro di lui con un ghigno malvagio sul viso.

Fece per avvertirlo, ma il bastardo aveva già allungato la mano premendogli un Taser sul fianco.

Il soldato aprì la bocca per lo shock e cadde a terra con un tonfo, sussultando e gemendo.

CAPITOLO DIECI

«Trigger!» gridò Macie, poi indietreggiò quando Teddy oltrepassò con calma il soldato che si contorceva sul pavimento.

«Hai qualcosa di mio, stronza, e lo rivoglio indietro» le disse in tono letale.

Macie continuò a indietreggiare mentre lui continuava ad avanzare.

«Io non ho niente!» ribatté, iniziando a sentire in tutto il corpo i segni di un serio attacco di panico in arrivo.

«Sì, invece. Dov'è quella stupida scatola di ricordi che tenevi nell'armadio?» le chiese.

Sbatté le palpebre sorpresa. Era *lì* che aveva nascosto qualcosa? Non aveva nemmeno guardato dentro la vecchia scatola da scarpe malconcia, perché era l'ultimo posto in cui immaginava che qualcuno potesse nascondere qualcosa; non era affatto un posto sicuro e conteneva solo ricordi inutili e stupidi della sua vita. Ovviamente, ora che sapeva che era lì che Teddy aveva nascosto ciò che voleva recuperare così disperatamente, aveva senso.

Non riuscì a trovare una risposta abbastanza velocemente e lui si lanciò in avanti avvolgendole una mano forte intorno alla gola, stringendola.

Macie andò subito ad afferrargli le dita per tirarla via, senza alcun risultato.

Guardò quel viso che una volta aveva pensato fosse bello, provando ora completo terrore. I suoi occhi azzurri erano socchiusi con rabbia e la barba che di solito teneva in ordine era folta e arruffata. Vide anche quello che sembrava cibo incastrato nei capelli.

Osservò il braccio che stava artigliando per cercare di liberarsi e fissò il tatuaggio che mostrava. Non ne aveva visto nessuno quando si erano frequentati, ma quello la terrorizzava. Era un disegno in bianco e nero che rappresentava una donna nuda, con le braccia legate davanti a sé e un coltello gocciolante di sangue che le sporgeva dal petto. Tutto intorno all'immagine inquietante c'era una scritta in corsivo che diceva: *"Le donne sono come le erbacce, vanno estirpate"*.

«Dov'è?» sbottò Teddy, chinandosi su di lei e stringendole più forte il collo.

La bocca di Macie si aprì e si chiuse, ma non uscì alcuna parola.

Rendendosi conto che le stava impedendo di parlare, allentò la presa ma non la lasciò. «Ucciderò te *e* il tuo amichetto proprio ora se non parli» la minacciò.

«Non è qui» disse non appena ci riuscì. Non le era nemmeno passato per la mente di mentirgli.

«Sarà meglio che tu non mi dica stronzate» la avvertì.

«No, è così, l'ho portata con me quando me ne sono andata.»

«Maledizione, cazzo» imprecò Teddy. «Dov'è?»

«A Killeen» rispose. «Ti do le chiavi di casa così puoi andare a prenderla. Ti dirò esattamente dove si trova.»

«Oh, no» sogghignò lui. «Tu verrai con me. L'ultima cosa che voglio è che il tuo dannato ragazzo mi trovi a casa sua. Sei il mio lasciapassare per far sì che riesca a prendere ciò che voglio e andarmene tutto intero.»

Macie non voleva essere il suo lasciapassare, ma solo che si riprendesse quel che gli interessava e uscisse dalla sua vita per sempre.

Proprio in quel momento, Trigger gemette sul pavimento accanto a loro e Teddy imprecò di nuovo. Sollevò il Taser che ancora teneva nella mano libera e lo premette contro il fianco di Macie dicendo: «Notte-notte, stronza.» E lei non sentì nient'altro che il dolore più intenso mai provato attraversarle il corpo.

———

Trigger alzò la testa e cercò di scrollarsi di dosso il torpore che sentiva. Poi cercò di ricordare dove si trovasse e cosa gli fosse successo. All'inizio era tutto confuso, finché all'improvviso non gli tornò tutto alla mente.

Cercò di rialzarsi barcollando, ma arrivò a mettersi solo in ginocchio prima di doversi appoggiare al pavimento e fare un respiro profondo. «Figlio di puttana» imprecò, poi tirò fuori il telefono dalla tasca. Felice che fosse ancora lì, imprecò di nuovo quando si rese conto di non avere le chiavi della macchina.

Strisciò fino alla sedia più vicina e vi si sistemò sopra a fatica prima di toccare il numero del comandante nei suoi contatti.

«Comandante Robinson.»

«Ha preso Macie» disse Trigger senza tergiversare.

«Che cosa? Dove sei, Trigger?»

«A Lampasas. Macie mi ha chiamato perché aveva bisogno di un disco di backup dal suo appartamento, ma sapeva che lei era occupato. Non ho visto nulla di cui preoccuparsi quando siamo arrivati qui, ma il suo ex mi ha teso un'imboscata da dietro. Mi ha colpito con il Taser. Mi sono appena ripreso e lei non c'è. E nemmeno le mie chiavi.»

«Hai bisogno di un'ambulanza?» gli chiese, e Trigger scosse la testa sbalordito. Il comandante aveva appena saputo che la sua donna era stata rapita, eppure era comunque preoccupato per *lui*. «No, Signore. Ero paralizzato, ma l'ho sentita dire qualcosa riguardo a una scatola con dei ricordi dentro.»

«È a casa mia» disse Colt. «Chiama Lefty per farti

venire a prendere, io porto gli altri con me. Quanto tempo?»

Trigger sapeva esattamente cosa intendesse. Guardò l'orologio. «Direi tra i venti e i venticinque minuti.»

«Ok.»

Poi il telefono diventò silenzioso e capì che il comandante era entrato in azione. Inviò una preghiera silenziosa affinché Macie riuscisse a non perdere la testa e a comportarsi in maniera intelligente, finché il suo uomo non fosse riuscito a raggiungerla.

Perché non c'erano dubbi che il colonnello Colton Robinson sarebbe arrivato a lei, e le condizioni in cui avesse trovato Macie avrebbero determinato se Teddy era un uomo morto o meno.

———

Colt chiuse la chiamata con Oz, uno dei Delta sotto il suo comando, e bussò alla finestra di una sala conferenze. Fece un gesto con la mano e i sette uomini all'interno spinsero immediatamente indietro le sedie e si affrettarono verso la porta.

Colt non si prese la briga di aspettarli, li mise al corrente di ciò che stava accadendo mentre erano in movimento.

Oz avrebbe chiamato gli altri inviandoli a casa di Colt. Non c'era tempo di riunire tutti per elaborare un piano; avrebbero dovuto improvvisare

Nel giro di un paio di minuti, Colt stava salendo

sulla sua Wrangler insieme a Truck, Ghost e Fletch. Stava ascoltando solo a metà Ghost che parlava di strategia e di chi avrebbe creato un perimetro intorno alla casa, per fare in modo che Teddy non scappasse una volta che fossero entrati.

L'unica cosa a cui riusciva a pensare era Macie. Se il bastardo le avesse torto anche solo un capello, l'avrebbe pagata cara.

«Quindi il tizio ha messo, qualunque cosa fosse, in una scatola di ricordi?» chiese Fletch.

«Credo di sì. È una vecchia scatola da scarpe malconcia. Mace mi ha detto che teneva lì dei ricordi di lei e di Truck.»

«Lo ucciderò, cazzo» disse il fratello, e Colt si rese conto di dover tenere sotto controllo i suoi uomini.

«Se qualcuno lo ucciderà, sarò *io*. Capito?»

Udì due "Sì, Signore" e lanciò un'occhiata a Truck.

«Laughlin?»

«Non è per mancarle di rispetto, Signore, ma si tratta di mia sorella.»

«Ed è anche la donna che amo» ribatté Colt. «Ho bisogno che tu rimanga concentrato, perché io non posso. Ho bisogno che tu mi copra le spalle. Se finisco in prigione, tua sorella sarà sola e si darà tutta la colpa.»

«Non sarà sola» replicò Truck. «Avrà me e il resto del gruppo.»

Il comandante non rispose a parole, si limitò a fissare il suo soldato.

Alla fine, Truck cedette. «Capisco, Signore. Le coprirò le spalle. Lo faremo tutti.»

Colt annuì. Quando svoltarono nella sua strada avevano preparato un buon piano. Non c'era più tempo per parlare.

La Porsche di Trigger era parcheggiata nel suo vialetto e ogni muscolo del corpo di Colt si tese in allerta. Non potevano essere lì da molto, ma anche passare solo un minuto con lo stronzo del suo ex era troppo per Macie.

Fermò la Jeep due case più avanti e tutti e quattro gli uomini scesero senza dire una parola. Sentì un rumore dietro di lui, si voltò e vide altre tre macchine fermarsi e il resto dei suoi uomini uscire dai veicoli. Ghost li ragguagliò subito e la maggior parte dei soldati scomparve nei dintorni. Sapeva che stavano prendendo posizione intorno a casa sua, assicurandosi che Teddy − e Dio non voglia, chiunque altro fosse con lui − non riuscisse a scappare.

Rimasero lui, Truck e Ghost. Colt li guardò... e sentì uno strano senso di calma pervadere il suo corpo. Teddy aveva deciso di mettere le mani sulla sua donna e ne avrebbe pagato il prezzo.

Fece strada verso la porta di casa. Macie conosceva il codice del sistema d'allarme e poiché non aveva ricevuto alcuna telefonata che richiedesse la sua password di accesso, pensò che lo avesse inserito correttamente quando aveva fatto entrare Teddy. Girò piano la maniglia della porta d'ingresso e trattenne il fiato mentre l'apriva. Quando non partì nessun segnale acustico, che significava che avrebbe dovuto inserire il codice per disabilitarlo, pensò: *brava ragazza*. Macie non aveva fatto scattare l'allarme quando era entrata, il che lo avrebbe allertato, ma non l'aveva nemmeno riattivato, consentendo a lui e ai suoi uomini di entrare senza essere scoperti.

Colt non aveva un'arma con sé, non ne aveva bisogno. Lui *era* l'arma. Letale.

All'inizio non percepì alcun rumore in casa, e il suo cuore perse un battito al pensiero che potesse essere troppo tardi, ma poi sentì la voce di un uomo provenire dal piano di sopra.

Piano e in silenzio salì le scale. Più si avvicinava, più chiaramente poteva sentire ciò che stava dicendo il bastardo.

«Sei così stupida! Non posso credere che tu abbia tenuto questa merda dopo tutti questi anni. Che cos'è questo? La matrice di un biglietto? Cazzo... ridicolo. E un tovagliolo? Che schifo! Che cos'è questa? Una foto? Che cazzo *è* questa cosa?»

«Non farlo, Teddy» lo supplicò Macie, la paura era evidente nella sua voce.

«È un'ecografia? Non dirmi che hai un bambino nascosto da qualche parte.»

«No. *Per favore*, dammela.»

«Vuoi sapere perché ti ho scelta?» le chiese, ma non aspettò che rispondesse, lo fece lui stesso. «Perché sei una *debole*. Hai paura della tua stessa ombra. Sapevo che saresti stata facile da manipolare e avevo ragione. Ma poi all'improvviso ti sono cresciuti gli attributi.»

«Hai nascosto della droga nel mio appartamento» disse Macie con voce tremante.

Colt fece segno a Truck e Ghost di passare oltre e di andare dall'altra parte della porta della sua camera da letto. Dovevano entrare in modo coordinato se volevano cogliere di sorpresa Teddy e mettersi tra lui e Macie.

«Non è colpa mia se non hai un briciolo di decenza in corpo. Se non mi avessi lasciato in quel ristorante quando ho avuto quell'attacco d'ansia avrei potuto uscire ancora con te.»

«Troia!» sbottò Teddy.

Poi si sentì il rumore della carta che veniva strappata e la voce angosciata di Macie gridare: «No!»

«Adesso» sussurrò il comandante, e i tre soldati entrarono nella stanza tutti insieme.

Colt ebbe solo il tempo di vederla in ginocchio sul pavimento, di fronte a pezzi di carta sparsi e altre cianfrusaglie.

Theodore Dorentes vide gli uomini prima di Macie e si lanciò verso di lei con il Taser in mano.

Più tardi, Colt avrebbe pensato che forse si sarebbe comportato in modo diverso se l'uomo si fosse lanciato contro di *lui* con il Taser... ma non lo aveva fatto, aveva preso di mira Macie che non lo stava nemmeno guardando e non poteva proteggersi.

Colt si lanciò contro Teddy. Gli elettrodi del Taser

crepitarono nella stanza stranamente silenziosa, ma non li sentì nemmeno toccargli il petto. Il suo braccio si stava già muovendo verso il viso dell'altro uomo e anche se la scossa che lo attraversò gli paralizzò i nervi, portò tutto il peso del corpo sul pugno e riuscì a colpirlo, travolgendolo mentre cadeva.

Percepì il naso del bastardo rompersi sotto il pugno e la testa scattare all'indietro con la potenza del colpo.

Atterrarono a pochi metri da Macie. Un secondo dopo, Ghost stava tirando fuori Teddy da sotto il suo comandante calciando via il Taser. Colt costrinse il suo corpo a muoversi, grato del fatto che l'altro avesse lasciato cadere il dispositivo quando lo aveva colpito sul viso.

Mentre riprendeva i sensi si voltò verso Macie. Il fratello l'aveva già avvolta tra le braccia e girata, in modo da dare le spalle alla scena, per proteggere la sorella da qualunque cosa fosse potuta accadere.

Colt strisciò verso i fratelli e diede uno strattone al braccio di Truck. Rimase sorpreso quando la lasciò andare e quasi gliela spinse tra le braccia. Sentì Macie tremare e si mise nella la stessa posizione di Truck; la protese stringendola a sé e dando le spalle alla stanza.

In pochi istanti, lo spazio si riempì di soldati delle forze speciali incazzati e infervorati, ma tutto ciò che Colt riuscì a fare fu seppellire il viso tra i suoi capelli e dondolarsi avanti e indietro.

Alla fine, si rese conto che invece di essere in preda a una crisi isterica, Macie stava cercando di calmare *lui*.

«Sto bene, Colt. Sei arrivato in tempo. Sto bene.»

Facendo un respiro profondo, sollevò la testa e si ritrovò a piangere senza nemmeno rendersene conto. Macie si mosse nel suo abbraccio e gli asciugò le lacrime dalle guance. «Sto bene» ripeté.

«È morto» disse Ghost in modo pratico.

«Morto?» Macie sussultò.

Fu il tono della sua voce a farlo uscire dallo stordimento. Si alzò e aiutò anche lei a rimettersi in piedi. Poi le premette la guancia contro il petto e si voltò a guardare Teddy e Ghost.

L'uomo giaceva sul pavimento, gli occhi aperti che fissavano il soffitto.

«Se dovessi indovinare, direi che gli ha reciso un'arteria nel cervello. La forza dello scatto indietro della testa probabilmente gliel'ha rotta, poi colpire il suolo non ha aiutato. È decisamente morto» confermò Ghost.

«Cazzo» disse sottovoce. Non aveva avuto intenzione di ucciderlo, solo di impedirgli di ferire Macie.

«È stata legittima difesa» dichiarò Lucky con sicurezza.

Colt si voltò a guardarlo. «Sì, ma non sono sicuro che qualcuno mi crederebbe.»

«Lo faranno quando vedranno il video» ribatté l'altro con nonchalance.

«Video?» chiese Macie, la voce uscì soffocata dato che era premuta contro il petto di Colt.

«Mai uscire di casa senza» scherzò Lucky. «Ho trovato la scala e sono entrato dalla finestra non appena avete fatto la vostra mossa. Ho filmato tutto. Comandante, stava decisamente proteggendo Macie dall'essere ferita ulteriormente.»

Chiuse gli occhi sollevato.

Sentì una mano sulla spalla e si voltò a guardare Truck. «Sono in debito, Signore. Un debito enorme»

Colt lo guardò e pensò di sfidare la fortuna finché poteva. «Voglio il permesso di chiedere a tua sorella di sposarmi. Dato che vostro padre è uno stronzo, non ho nessuno a cui chiedere se non a te.»

Sentì Macie ansimare e stringere le braccia intorno a lui, ma Colt mantenne lo sguardo su Truck.

I due uomini si fissarono per un lungo momento prima che il soldato annuisse. «A una condizione.»

«Spara.»

«Voglio essere presente per darla in sposa. Non importa se fate una cosa veloce in municipio o se volate a Las Vegas o fate una cerimonia in grande stile. Voglio esserci.»

«D'accordo» affermò senza doverci pensare. Non era nemmeno una concessione, aveva già programmato di chiedergli di esserci al loro matrimonio, indipendentemente da quando e dove si fosse svolto.

«Scusate» disse Grover con la sua voce profonda e tonante.

Colt si voltò e vide il suo soldato tenere in mano dei pezzi di carta strappati.

Macie sussultò e li prese con un urlo straziato, poi

tenne tra le mani i resti dell'ecografia della sua bambina perduta da tempo, singhiozzando.

Colt si sentiva impotente. Non sapeva cosa fare per sistemare le cose.

«Posso vedere?» chiese Brain.

Macie lasciò che le prendesse i pezzi di carta dalle mani.

«Penso di poter risolvere questo problema» dichiarò, una volta esaminata l'ecografia.

Colt gli lanciò un'occhiataccia, non volendo che le desse false speranze.

«Davvero?» domandò lei.

«Be', non riuscirò a renderla perfetta, ma posso scansionare i pezzi, rimetterli insieme con il computer e ristamparli. Non sarà come nuova, ma ci andrà molto vicino» spiegò con sicurezza.

Colt vide l'espressione triste sul viso di Truck quando si rese conto cosa stesse tenendo in mano Brain e il motivo per cui sua sorella fosse così sconvolta. Era ovvio che i due avessero bisogno di parlare.

«Lo apprezzerei» disse Macie con voce incrinata.

«Ho chiamato la polizia» li informò Ghost, interrompendo quel momento intenso. «Consiglierei a tutti di sparire, tranne io, Truck, Macie, il comandante e Lucky, che deve rimanere dato che ha il video. Non tocchiamo niente, sono prove.»

Colt sapeva che avrebbe dovuto essere lui a prendere il controllo e non Ghost, ma l'unica persona di cui era preoccupato in quel momento era Macie. La prese in braccio, la portò fuori dalla stanza e andò al piano di sotto ad aspettare la polizia.

———

Due ore dopo, a Macie sembrava che la testa le stesse per scoppiare. Era sul divano seduta sulle ginocchia di Colt che la teneva abbracciata. Truck le aveva procurato una pillola di Vistaril, ma non aveva aiutato a farle passare l'emicranica causata dall'ansia, che era iniziata nel momento in cui si era svegliata nella Porsche di Trigger, guidata da Teddy.

Aveva spiegato alla polizia almeno tre volte tutto ciò che ricordava. Teddy si era vantato di aver ucciso i due teppisti che erano penetrati nel suo appartamento, perché avevano fallito nei loro tentativi di recuperare la scatola dei ricordi. Era quello il motivo per cui i poliziotti non erano stati in grado di trovarli.

Poi era stata informata che lui aveva nascosto una piccola quantità di droga nella scatola, ma che non era quella la ragione per cui era così disperato di rimetterci le mani sopra. Aveva nascosto anche un elenco dei suoi fornitori e sapeva che se lei l'avesse trovato e dato alla polizia, sarebbe stato un uomo morto; quei tizi lo avrebbero ucciso per essere stato così imprudente. Per qualcuno così disperato, era stato incredibilmente paziente. Aveva aspettato settimane che Macie tornasse nel suo appartamento, in modo da poterla affrontare personalmente e scoprire cosa ne avesse fatto della scatola da scarpe. Era abbastanza ovvio che avesse pianificato di ucciderla dopo essere tornato in possesso dell'elenco, proprio come aveva fatto con i suoi "amici".

Macie era stata felice di scoprire che Trigger stava bene. Teddy lo aveva picchiato dopo averlo colpito con il Taser una seconda volta, per assicurarsi che rimanesse fuori combattimento a lungo dandogli il tempo di andare a Killeen e recuperare la sua lista.

Si era assicurata che gli agenti che l'avevano interrogata sapessero che aveva creduto a Teddy quando aveva detto che l'avrebbe uccisa. Colt l'aveva rassicurata prima che arrivasse la polizia che non sarebbe stato arrestato. La legge sulla legittima difesa vigente nello stato del Texas, intendeva che non serviva provare a mettersi al sicuro in casa prima di arrivare a usare la forza letale per difendere se stesso o Macie. Colt le aveva davvero salvato la vita, non aveva dubbi, come non ne aveva sul fatto che Teddy l'avrebbe torturata prima di ucciderla, se ne avesse avuto la possibilità.

Grazie anche a Lucky, che sembrava essere sempre al posto giusto nel momento giusto, e al suo video, i poliziotti non avevano arrestato Colt. Dopo aver controllato il suo passato e scoperto il suo lavoro alla base dell'esercito, lo avevano avvertito di non lasciare la città e di essere disponibile per qualsiasi domanda potessero avere, ma non lo avevano ammanettato e portato alla stazione per essere interrogato ulteriormente.

Quando era arrivato il medico legale e aveva portato

via il corpo di Teddy, Macie non aveva guardato. Tutta quella situazione le era sembrata surreale.

Truck, Ghost e Lucky erano rimasti per tutto il tempo in cui la polizia aveva interrogato lei e Colt. Ad un certo punto, suo fratello era scomparso al piano di sopra e tornato giù con la scatola da scarpe, l'aveva posata con cura accanto al PC sul tavolo della sala da pranzo, fissando lo sguardo su di lei e facendole capire che più tardi ne avrebbe voluto parlare.

Macie lanciò un'occhiata al suo PC e trasalì.

«Che c'è? Stai male?» le chiese Colt.

«No. Cioè, sì, ma non è quello. Sono andata a casa mia per prendere un file che mi serviva per aiutare un'autrice con il suo sito, ma non sono riuscita a prenderlo e lei ha ancora bisogno di aiuto.»

«Sono sicuro che capirà» dichiarò Truck.

«No. Non lo farà. Non capisci. Quelle autrici contano su di me per portare a termine il loro lavoro. Certo, potrebbe essere dispiaciuta per ciò che mi è successo, ma non significa che non abbia ancora bisogno che il sito venga ripristinato.»

«Puoi farlo domani» le disse con dolcezza. «Chiederò a uno dei ragazzi di andare a casa tua, di impacchettare tutta la tua roba e portarla qui, così non dovrai più preoccuparti di ciò che hai e non hai.»

Anche se le faceva male la testa e non desiderava niente di più che stare in una stanza buia e dormire, si voltò verso Colt. «Mi hai appena chiesto di trasferirmi da te?»

«No» ribatté. «Ti ho *detto* che ti trasferisci da me.»

Macie sbuffò e chiuse gli occhi, appoggiò la guancia sulla sua spalla e sospirò. «Sono troppo stanca e mi fa troppo male la testa per discutere con te in questo momento.»

Sentì dei rumori, i ragazzi salutare Colt, poi ci fu silenzio nella stanza, ma Macie non aprì gli occhi.

«Se proprio non vuoi trasferirti, sono disposto a scendere a compromessi» le sussurrò.

Sentendosi finalmente più rilassata grazie alla pillola che aveva preso, Macie disse: «Non c'è niente che io voglia di più che vivere con te, Colt, ma non posso fare a meno di chiedermi cosa penseranno gli altri, dato che non ci conosciamo da tanto tempo.»

«Non mi importa quanto tempo sia passato» ribatté lui dopo un momento. «E non mi interessa cosa pensano gli altri, ma solo ciò che pensi tu. Se credi davvero che stiamo andando troppo in fretta, allora faccio un passo indietro e possiamo stare a dormire a casa dell'uno o dell'altra. Voglio che ti senta a tuo agio con la nostra relazione. Ma devo dirti come stanno le cose per quanto mi riguarda: ho già dato un'occhiata agli anelli, ho chiesto a tuo fratello il permesso di chiederti di sposarmi, ho avvertito il mio ufficiale superiore che potrei aver bisogno di un po' di tempo libero nel prossimo futuro, in modo da poter andare in luna di miele... e ho chiesto in giro per sapere chi è il miglior ginecologo della zona. Mi interessa una cosa a lungo termine, tesoro. Non posso rimpiazzare la bambina che hai perso, ma posso fare tutto il necessario per darti altri figli.»

«Vuoi dei bambini?» chiese incredula.

«Onestamente? Prima di incontrarti, no, ma ora non riesco a smettere di pensare a che madre straordinaria saresti. Riesco quasi a immaginare i tuoi begli occhi e lineamenti sui nostri figli. Se per te non è un problema che sarò un vecchio decrepito quando andranno al liceo, allora sono disposto a darti tutti i bambini che vorrai.»

Macie sentì il cuore batterle forte nel petto, ma per una volta non era a causa dell'ansia. Oh, era comunque nervosa da morire all'idea di vivere con Colt, ma non poteva fare a meno di essere entusiasta alla prospettiva di passare il resto della sua vita con lui.

«Se vieni sbattuto in prigione, potrò fare delle visite coniugali?» lo prese in giro.

Colt alzò gli occhi al cielo. «Grazie a Lucky, non andrò in prigione. Ti sei... non volevo ucciderlo» disse, e Macie sentì l'inquietudine nel suo tono. Odiava che non fosse sicuro riguardo alla sua reazione rispetto a ciò che aveva fatto.

Aprendo gli occhi, si raddrizzò mettendosi a cavalcioni sull'uomo che amava. Lo fissò e disse in modo chiaro: «So che non volevi, e hai fatto ciò che dovevi. Mi sento più al sicuro ogni giorno che passa grazie a te. So che sarai il papà più protettivo che un bambino possa avere e ciò mi conforta.»

Colt sospirò di sollievo.

«Ma sarò sempre ansiosa» lo avvertì Macie. «E se

avremo dei bambini, probabilmente peggiorerò. Avrò bisogno che bilanci questo problema con i nostri figli. L'ultima cosa che voglio è che imparino ad avere paura del mondo come me.»

«Non hai paura del mondo» ribatté Colt. «E ti amo esattamente come sei. Mi fai sentire necessario. Certo, potrei uscire e trovare una donna sempre sicura di sé e che riesce a prendersi cura di se stessa e di tutti i suoi quattordici figli, ma non è ciò che voglio. Non è *chi* voglio. Io voglio te. Ogni stupendo, meraviglioso centimetro di te. Ai miei occhi non hai difetti, Macie. Sei perfetta e te lo ricorderò ogni giorno della nostra vita, se me lo permetterai.»

«Mi piacerebbe venire a vivere da te» sussurrò lei.

«Bene. Chiamerò i miei uomini domattina e la tua roba sarà qui a mezzogiorno, puoi sistemare il sito dell'autrice e poi possiamo tornare a letto e provare a fare un bambino per l'ora di cena.»

Macie alzò gli occhi al cielo e ridacchiò. Aveva troppa fiducia in se stesso, ma non glielo rimarcò. Invece disse: «Sono pronta per fare una dormita.»

Senza una parola, Colt si alzò portandola con sé. Lei gli avvolse le gambe intorno alla vita e sentì le sue mani sotto il sedere, mentre la teneva stretta andando verso le scale. La portò nella camera degli ospiti e la fece stendere sul letto matrimoniale.

Quando Macie fece per chiedere, le mise un dito sulle labbra. «Solo per stanotte. Domani arriverà fin troppo presto e affronteremo gli eventuali demoni che persistono in quella stanza. Va bene?»

«Ok» rispose, poi come se avesse un ripensamento, chiese: «C'è una via di fuga da questa camera... per ogni evenienza?»

Le sorrise, le scostò i capelli dalla fronte e indicò la finestra. «Dopo che sei saltata fuori dalla finestra del tuo appartamento ho comprato delle scale di corda. Ce n'è una in ogni stanza di questo piano.»

«Ti amo» disse Macie chiudendo gli occhi.

Percepì le labbra di Colt sulla fronte e lo sentì dire: «Ti amo anch'io.»

EPILOGO

«Posso chiederti una cosa?» disse Macie.

Colt ridacchiò e strinse il braccio intorno alla vita della moglie. Erano sdraiati l'uno nelle braccia dell'altra, nudi e soddisfatti. Si trovavano in luna di miele in un lussuoso resort nei Caraibi. Era costato un occhio della testa affittare la stanza che si affacciava proprio sull'acqua, ma ne era valso ogni centesimo quando aveva visto il sollievo di Macie.

Colt pensava che fosse la donna più bella del mondo incinta di sei mesi, ma non era ancora pronta a sfilare sulle spiagge pubbliche con il pancione.

«Ti ripeto che non serve che ti informi se puoi chiedermi qualcosa. Fallo e basta» le rispose sorridendo.

Macie ruotò il dito intorno a uno dei capezzoli di Colt, e lui si costrinse a prestare attenzione a ciò che gli stava dicendo invece di girarla sulla schiena e scoparla di nuovo.

Era rimasta incinta praticamente quando avevano iniziato a provarci, era successo così in fretta che ancora non le aveva chiesto ufficialmente di sposarlo, ma vi aveva posto subito rimedio e quella stessa sera lei aveva detto di sì. Colt aveva chiamato Truck per dirgli di liberarsi dai suoi impegni perché non appena possibile avrebbero preso un appuntamento da un giudice di pace e si sarebbero sposati; sapeva senza bisogno di chiederglielo che Macie avrebbe odiato un grande matrimonio, non avrebbe sopportato che tutta la gente la fissasse e si sarebbe preoccupata a morte per ogni minimo dettaglio. Così gli era sembrata perfetta una piccola cerimonia in municipio.

Ciò non aveva impedito alle mogli degli uomini sotto il suo comando di organizzare una grande festa. Era stato sollevato che a Macie non fosse dispiaciuto, in effetti quella sera si era divertita tantissimo.

«Sai che Mary mi aveva accennato di quella missione di cui poi mi hai spiegato cos'era successo... ma in seguito l'ho sentita parlare con Casey e ha detto qualcos'altro su di te.»

Colt non si irrigidì nemmeno al ricordo di quel giorno di tanto tempo prima; Macie non lo amava di meno a causa di quell'evento e alla fine ne era venuto a patti con se stesso. Gris e la sua famiglia si erano presentati a sorpresa al loro matrimonio; Truck aveva saputo di quell'uomo e lo aveva chiamato per invitarlo. Era stato davvero bello vedere il suo amico così felice e sistemato, era stato d'aiuto per i sensi di colpa che

Colt ancora provava per ciò che era successo in passato.

«Cos'ha detto, tesoro?»

«Stava chiedendo a Casey se fosse stato il caso di parlarmi di quando ti sei rifiutato di lasciare andare in permesso uno dei soldati della tua unità, quando è nato il suo bambino.»

Colt sapeva esattamente di cosa stesse parlando. «Mary ha ragione. *L'ho* fatto.»

«Perché?»

Sorrise. Gli piaceva che Macie non si arrabbiasse con lui o non gli dicesse che era senza cuore. Concedeva sempre alle persone il beneficio del dubbio. Era una delle tante di cose che amava di lei.

«Il soldato in questione era sposato all'epoca e la donna che doveva partorire era l'amante; tradiva sua moglie da mesi. Avevo le mani legate. In base al codice di giustizia militare, l'adulterio è una condotta inaccettabile e di conseguenza un soldato può essere degradato. Quel ragazzo non era legalmente separato e non gliene fregava niente che qualcuno sapesse dell'altra donna. Non solo, ma l'amante era a conoscenza che fosse sposato e apparentemente non importava nemmeno a *lei*.

Mi sono rifiutato di mandarlo in licenza perché sapevo che avrebbe mentito a sua moglie su dove stava andando e il motivo. Ma non solo non l'ho lasciato andare, ho anche spinto perché finisse sotto corte marziale.»

«Wow. È stato espulso dall'esercito?» gli chiese Macie, alzandosi su un gomito per poterlo guardare in faccia.

Colt scosse la testa. «No. È stato degradato a soldato semplice, ma gli hanno permesso di rimanere. Questi sono i tipi di militari che odio, non sono nelle forze armate per servire il loro Paese. Non mi danno fastidio gli uomini e le donne che si arruolano per avere i soldi per il college, o perché hanno bisogno di mantenere la loro famiglia, o anche perché non hanno idea di cosa fare della loro vita, ma odio quelli che cercano di spillare ogni centesimo possibile al governo. Sono spesso dei codardi o prepotenti, e sono parte del motivo per cui ho colto al volo l'opportunità di comandare le unità della Delta Force qui in Texas.»

Macie posò di nuovo la testa sulla sua spalla.

«Altre domande?»

«No. E per la cronaca, sapevo che dovessi avere una buona ragione. Non è da te comportarti da stronzo solo per il gusto di farlo.»

Colt ridacchiò. «So decisamente comportarmi da stronzo» le disse. «Chiedilo a tuo fratello.»

Macie scosse la testa. «No. È diverso. Lo hai fatto per aiutarli a diventare soldati migliori.»

«Allora ti ha raccontato delle storie, eh?» le chiese.

La sentì sorridere contro di lui.

«Certo. Qualcosa ho sentito» confermò.

«Tu e Truck siete a posto, vero?»

Macie annuì. «Sì. È stato difficile parlare con lui, ma

gli ho raccontato tutto della mia bambina e di quello che hanno fatto i nostri genitori. Era incazzato, come te, ma non mi ha giudicato come pensavo avrebbe fatto. È bello riaverlo nella mia vita» ammise.

«So che lui si sente allo stesso modo» la rassicurò Colt.

Non dissero nulla per un po', rimasero lì ad ascoltare il rumore delle onde sulla spiaggia proveniente dalla porta a zanzariera della loro camera.

«Sono preoccupata per Trigger e gli altri» disse lei infine.

«Perché?»

«Perché sono soli.»

«Che cosa? Perché lo pensi?»

«Si capisce» disse Macie.

«Sono sicuro che quando sarà il momento arriverà la donna giusta per ciascuno di loro» rassicurò la moglie.

«Ma se non la stessero cercando? Potrebbe essere proprio sotto il loro naso senza che se ne rendano nemmeno conto. Magari la ignorano e poi rimarranno soli per il resto della vita.»

Colt trattenne la risatina che minacciava di uscire. Ultimamente gli ormoni in movimento nel corpo di Macie la rendevano più emotiva su qualsiasi cosa. Amava che fosse preoccupata per i suoi uomini, ma sapeva anche che avrebbero riso a crepapelle se avessero sentito la sua analisi riguardo alla loro vita amorosa. «La riconosceranno quando la vedranno» le disse.

«Mmmm» mormorò lei non del tutto convinta.

Ripromettendosi di avvertire Trigger che sua moglie era determinata a vedere lui e il resto degli uomini della squadra felicemente sistemati, Colt decise di riportare l'attenzione di Macie di nuovo su di sé.

Si spostò fino a incombere su di lei e la baciò lungo il corpo. Si soffermò molto ad accarezzare e baciare il suo bel pancione e a mormorare parole affettuose alla loro figlia accoccolata all'interno, poi continuò finché non arrivò tra le sue gambe.

«Ancora?» finse di lamentarsi.

«Ancora» confermò Colt abbassando la testa. Sapeva che a Macie piaceva, quasi più degli altri modi in cui faceva l'amore con lei, ed era determinato ad assicurarsi che *amasse* ogni secondo della loro luna di miele.

Avrebbe fatto qualsiasi cosa per sua moglie. Mosso cielo e terra per renderla felice e soddisfatta. Poteva averla salvata dal suo ex, ma lei lo aveva ripagato dieci volte tanto. Era più felice di quanto non fosse mai stato in vita sua e non era mai stato così ansioso di vedere cos'avrebbe portato il futuro.

La vita era bella. Teneva la prova tra le mani.

———

Cerca l'ultimo libro della serie, Salvare Annie, in arrivo a febbraio 2022!

Se non hai letto la serie dei Mercenari di Montagna, inizia subito con *Difendere Allye*!

Proteggere i figli di Alabama
Proteggere Dakota

Forze Speciali alle Hawaii

Trovare Elodie
Trovare Lexie (10 Aug 2021)
Trovare Kenna (Oct 2021)
Trovare Monica
Trovare Carly
Trovare Ashlyn
Trovare Jodelle

Mercenari di Montagna

Difendere Allye
Difendere Chloe
Difendere Morgan
Difendere Harlow
Difendere Everly
Difendere Zara
Difendere Raven

Ace Security *(Prossimamente)*

Il riscatto di Grace
Il riscatto di Alexis
Il riscatto di Bailey
Il riscatto di Felicity
Il riscatto di Sarah

In inglese:

Delta Force Heroes Series

Rescuing Rayne

Rescuing Aimee (novella)

Rescuing Emily

Rescuing Harley

Marrying Emily (novella)

Rescuing Kassie

Rescuing Bryn

Rescuing Casey

Rescuing Sadie (novella)

Rescuing Wendy

Rescuing Mary

Rescuing Macie (novella)

Rescuing Annie (Feb 2022)

Delta Team Two Series

Shielding Gillian

Shielding Kinley

Shielding Aspen

Shielding Jayme (novella)

Shielding Riley

Shielding Devyn (May 2021)

Shielding Ember (Sep 2021)

Shielding Sierra (Jan 2022)

Eagle Point Search & Rescue

Searching for Lilly (Mar 2022)

Searching for Bristol (Jun 2022)

Searching for Elsie (Nov 2022)

Searching for Caryn (TBA)
Searching for Finley (TBA)
Searching for Heather (TBA)
Searching for Khloe (TBA)

Badge of Honor: Texas Heroes Series

Justice for Mackenzie
Justice for Mickie
Justice for Corrie
Justice for Laine (novella)
Shelter for Elizabeth
Justice for Boone
Shelter for Adeline
Shelter for Sophie
Justice for Erin
Justice for Milena
Shelter for Blythe
Justice for Hope
Shelter for Quinn
Shelter for Koren
Shelter for Penelope

SEAL of Protection: Legacy Series

Securing Caite
Securing Brenae (novella)
Securing Sidney
Securing Piper
Securing Zoey
Securing Avery

Securing Kalee
Securing Jane

SEAL Team Hawaii Series

Finding Elodie
Finding Lexie (Aug 2021)
Finding Kenna (Oct 2021)
Finding Monica (TBA)
Finding Carly (TBA)
Finding Ashlyn (TBA)
Finding Jodelle (TBA)

Ace Security Series

Claiming Grace
Claiming Alexis
Claiming Bailey
Claiming Felicity
Claiming Sarah

Mountain Mercenaries Series

Defending Allye
Defending Chloe
Defending Morgan
Defending Harlow
Defending Everly
Defending Zara
Defending Raven

Silverstone Series

Trusting Skylar
Trusting Taylor
Trusting Molly (July 2021)
Trusting Cassidy (Nov 2021)

SEAL of Protection Series

Protecting Caroline
Protecting Alabama
Protecting Fiona
Marrying Caroline (novella)
Protecting Summer
Protecting Cheyenne
Protecting Jessyka
Protecting Julie (novella)
Protecting Melody
Protecting the Future
Protecting Kiera (novella)
Protecting Alabama's Kids (novella)
Protecting Dakota

www.ingramcontent.com/pod-product-compliance
Lightning Source LLC
Chambersburg PA
CBHW071528120726
47907CB00013B/1258